GW00585035

La memoria

1177

Antonio Manzini

Gli ultimi giorni di quiete

Sellerio editore
Palermo

2020 © Sellerio editore via Enzo ed Elvira Sellerio 50 Palermo
e-mail: info@sellerio.it
www.sellerio.it

Questo volume è stato stampato su carta Arena Ivory Smooth pro-
dotta dalle Cartiere Fedrigoni con materie prime provenienti da
gestione forestale sostenibile.

Manzini, Antonio <1964>

Gli ultimi giorni di quiete / Antonio Manzini. – Palermo:
Sellerio, 2020.
(La memoria ; 1177)
EAN 978-88-389-4138-2
853.92 CDD-23   SBN Pal0334169

CIP – *Biblioteca centrale della Regione siciliana «Alberto Bombace»*

Gli ultimi giorni di quiete

A duecentotredici chilometri orari, il Freccia Rossa incrociò l'interregionale e urlò nelle orecchie dei passeggeri. Nora si svegliò di soprassalto con il cuore in gola. Si guardò intorno spaventata. Dal finestrino fece appena in tempo a vedere gli ultimi vagoni del bolide schizzare via. La ragazza seduta di fronte a lei continuava a dormire con gli auricolari piantati nelle orecchie. Teneva la bocca socchiusa e un filo di saliva le aveva bagnato il mento. I capelli lunghi e neri le erano caduti davanti al viso tondo e paffuto. Gli altri due sedili erano vuoti. Alla sua sinistra, sui quattro posti dopo il corridoio centrale, c'era sempre la donna con la «Settimana Enigmistica». Nora guardò la borsa che teneva in grembo. Era chiusa ma la aprì lo stesso per controllare che il portafogli fosse al suo posto. Lo afferrò e sorrise considerando cosa avrebbero potuto pensare gli altri passeggeri mentre ne controllava il contenuto, allarmata, per sincerarsi che nessuno l'avesse derubata. Che devono pensare?

Che non mi fido? Non è colpa mia. Quando era piccola a casa si dormiva con la porta aperta, poteva lasciare la bicicletta e la cartella in giro. E una volta sposata spesso neanche chiudeva la macchina. Il 12 marzo del 2010 le cose erano cambiate, da quel giorno Nora non si fidava più di nessuno.

Doveva aver dormito un po' perché di fronte alla signora con la «Settimana Enigmistica» ora sedeva un uomo con gli occhiali da sole che prima non c'era. Con la testa poggiata sul finestrino, sembrava dormire anche lui. Chissà dov'è salito. Si sgranchì il collo voltandosi prima a destra e poi a sinistra. Devo riprendere con lo yoga, il collo bloccato fa un male cane. Guardò fuori ma non si capiva dove fossero. Il paesaggio era sempre lo stesso. Nuvole grigie, spiaggia, strada statale, case – nuvole grigie, spiaggia, strada statale, case.

Quanto ho dormito? E se ho superato la fermata? L'ansia cominciò a spandersi come una nuvola d'inchiostro nero in mezzo all'acqua cristallina. Quello che vedeva fuori dal finestrino non aiutava. Si sporse verso la donna con la «Settimana Enigmistica».

«Scusi? Mi scusi?».

Quella distolse lo sguardo dal giornaletto e abbassò gli occhiali da presbite.

«Dica».

«Mi scusi, mi sono addormentata... Dove siamo?».

La donna guardò fuori dal finestrino. «Di preciso non lo so».

«Abbiamo superato Pescara?».

«Ah no, no... manca ancora un po', stia tranquilla. L'ultima fermata è stata Cupra Marittima. La sa la coincidenza? Cupra Marittima era l'8 orizzontale. La definizione era: *Vi fanno il barbecue più lungo del mondo*».

Nora la ringraziò con un sorriso e si rilassò sulla poltrona. Alzò lo sguardo. Il trolley di pelle era sempre sulla rastrelliera.

Il telefono? Riaprì la borsa e tirò fuori il cellulare dalla tasca interna per vedere se mentre s'era appisolata avesse ricevuto qualche messaggio o ci fosse traccia di una chiamata persa. Niente. Nessuno.

Meglio così.

A 64 anni telefonate o messaggi sono solo brutte notizie. Pasquale non m'ha chiamata, tutto liscio.

Il treno rallentò la velocità. «Stazione di Tortoreto Lido» la voce informò i passeggeri. La ragazza con gli auricolari aprì gli occhi come un automa che obbedisce a un ordine, scattò sull'attenti, quasi le pestò i piedi con gli scarponi neri da soldato, recuperò uno zainetto e senza un sorriso se ne andò per il corridoio preparandosi a scendere. Aveva un nome tatuato sul dorso della mano sinistra. Una cosa che le accomunava: la ragazza con gli auricolari mai si sarebbe aspettata che anche quella donna di

64 anni avesse un tatuaggio sull'avambraccio, nascosto dal maglione. Corrado, il nome di suo figlio.

Decise di riprendere la lettura del giornale che aveva lasciato abbandonato sul sedile accanto. Inforcò gli occhiali e si concentrò sulle notizie dall'estero. Il treno era ripartito. I bocchettoni dell'impianto di riscaldamento avevano smesso di sputare fuori aria calda, Nora dovette alzarsi e prendere il cappotto poggiato sul trolley. In piedi vide tutto il vagone. C'erano sì e no una ventina di persone, la maggior parte dei sedili erano vuoti. L'uomo con gli occhiali forse le aveva letto nel pensiero perché lasciò la poltrona di fronte alla signora della «Settimana Enigmistica» e prese posto su un sedile a metà vagone, in modo da stare comodo e allungare le gambe. Nora si infilò il cappotto e si sedette. Riusciva a scorgere una porzione del viso dell'uomo con gli occhiali fra le due poltrone davanti alla sua. Le lenti nere coprivano gli occhi ma sembrava si fosse riaddormentato. La testa infatti dondolava al ritmo degli scossoni del vagone. Portava un giubbotto di pelle marrone, i jeans scoloriti e un po' sporchi. Anche le mani erano sporche e sul polso che sbucava dalla manica del giubbotto spuntavano dei tatuaggi. Sembravano le code di qualche pesce o di un rettile.

Come sono andati questi tre giorni ad Ancona da mia cugina? Non poteva dirlo. Loredana si era data da fare come sempre, aveva cucinato per lei e per Marco, il marito non aveva quasi mai chiamato i figli al telefono. Solo Aldo, il primogenito, s'era presentato a salutare la zia, imbarazzato come se avesse qualche colpa. «Che colpa hai tu, che colpa avete voi?». Da sei anni Nora lo avrebbe voluto urlare al mondo, ma Loredana, Marco e i ragazzi non lo facevano apposta. Sembrava le chiedessero scusa di essere ancora vivi. E invece lei si riempiva gli occhi di quella famiglia, come una spettatrice a teatro, li guardava l'estate al mare, a tavola, a parlare di sciocchezze, a litigare perché Aldo non aveva messo benzina alla macchina della madre o Gregorio le aveva di nuovo portato un mucchio di biancheria da lavare e stirare. Loredana non aveva avuto la forza di dirle che sarebbe diventata nonna ma Nora l'aveva capito da un discorso che sua cugina e Aldo avevano fatto quasi di nascosto in cucina. Insomma non è che una ragazza si va a fare la amniocentesi per passare un pomeriggio diverso, no? La moglie di Aldo aspettava un bambino e questo l'aveva riempita di gioia. Loredana nonna.

Ma Nora pur capendo non aveva detto niente, aspettava che qualcuno le desse la felice novella. Invece l'altro figlio, Gregorio, non s'era fatto vivo. Nora sapeva il perché. Dopo sei anni Gregorio si sentiva ancora in colpa. Eppure glielo aveva detto in tutte le lingue. «Gregorio, tu non c'entri niente! Niente, amore mio! Vieni qui e abbraccia tua zia!». E si erano bagnati le spalle a forza di piangere. Ma anche quella storia doveva finire. Non poteva essere lei a sostenere gli altri, a piangere il loro dolore. Quella che ci aveva rimesso di più, a parte suo figlio, era lei. Lei e nessun altro.

Aveva cominciato a piovere. Sui finestrini del treno le gocce d'acqua correvano verso l'alto tremando sotto la spinta della velocità dell'aria. Il mare era marrone e i cavalloni schiaffeggiavano i frangiflutti mezzi affogati a venti metri dalla riva. Ogni tanto il tetto di uno stabilimento faceva capolino fra rovi e palme rinsecchite. L'aria sembrava densa di acqua e sabbia. Poi la ferrovia si allontanò dalla costa e riapparve la statale, infine il treno si infilò in una galleria. Una luce biancastra illuminò il vagone e un odore di terra umida si sparse nell'aria. Nora alzò gli occhi dal giornale, con quella luce bianca e compatta non riusciva a leggere, le dava fastidio.

Quanto può durare questa galleria? Le notizie dagli esteri non erano così appassionanti. Il solito eterno dibattito sulla BCE, sui debiti degli Stati, sulla poca credibilità dell'Italia, i mercati internazionali che non si fidavano del Paese. Anche l'uomo con gli occhiali detestava quella luce. Si tolse i Ray-Ban e si stropicciò gli occhi.

Fu allora che Nora lo vide e sotto il sedile si aprì una voragine buia che la inghiottì. Cadde per cento, duecento metri, lo stomaco risalì fino alla gola e una mano di ferro le strizzò il cuore. Gocce di sudore sulla fronte, le tremava la mandibola, per tenerla ferma dovette stringere i denti, dilaniare con un morso l'aria come fosse un boccone di cibo. Le gambe le formicolavano e le mani accartocciarono il giornale riducendolo a pezzi.

È lui.

Stava lì, di fronte a lei, a qualche poltrona di distanza, seduto come se niente fosse, a guardare il paesaggio mentre le ruote di ferro le rintronavano le orecchie con un ritmo regolare e assordante. Percepì anche un fischio, forse i freni, magari era solo lei che lo immaginava. Non riusciva a staccare lo sguardo da quel viso: le pupille nere, i capelli ricci e bianchi alla radice, la barba di tre giorni gli macchiava le guance, le palpebre scure e sotto gli occhi due rigonfiamenti come se avesse pianto.

Sei capace di farlo? No, non credo. Non credo che tu abbia mai pianto. Le venne da abbassare lo sguardo, come se fosse lei a doversi vergognare, evitare di farsi riconoscere.

Solo quando il treno uscì dalla galleria e la luce del giorno invase di nuovo il vagone, Nora si accorse che non stava respirando chissà da quanto tempo. Prese aria mentre l'uomo si rimetteva gli occhiali e voltava lo sguardo verso il finestrino. Come aveva fatto a non riconoscerlo? Fissò il profilo. Quel viso Nora non l'avrebbe mai dimenticato.

«Si sente bene?», le disse la donna con la «Settimana Enigmistica».

«Sì...». Si aggiustò i capelli. «Sì, solo un giramento di testa, la cervicale».

«Ne soffro anche io».

«Vado al bagno», disse Nora tanto per togliersi da quell'imbarazzo.

«Non glielo consiglio. È mezzo otturato e puzza da morire».

«Proverò quello dell'altra carrozza». Si alzò in piedi. «Mi guarda la valigia?».

«Ma certo, stia tranquilla».

Sbandando per il dondolio del treno e reggendosi ai poggiatesta si incamminò verso la toilette. Aveva ragione la signora della «Settimana Enigmistica», aprì la porta e fu subito aggredita da una puzza di urina da gabbia allo zoo. Si avventurò nella carrozza successiva. La percorse senza guardare i pochi passeggeri ma solo pensando alla coincidenza infame che aveva appena vissuto. Per fortuna l'altro bagno era in condizioni dignitose. Si chiuse dentro e si guardò allo specchio. I capelli biondi e lisci tenevano ancora la piega. Gli occhi invece erano infossati come le guance, le labbra scure sembrava fossero state appena morse. Si passò la mano sul viso, notò anche le rughe e qualche macchia sul collo. Dieci anni in meno di un minuto. La fede e l'anello azzurro parevano opachi. Poggiò la fronte sullo specchio di metallo e scoppiò a piangere. Il fiato spezzato, la gola serrata, dovette lottare per riprendere aria mentre i muscoli come fossero carne morta s'abbandonarono lungo le ossa. Il sangue era scivolato nelle scarpe, le parve di avere i piedi inchiodati al terreno. Poi il pianto si quietò e con lui i singhiozzi. Il petto tremando riuscì a riportare ossigeno nei polmoni. Si sciacquò il viso con l'acqua ferrosa e odorosa di cloro ma almeno era fresca. Si asciugò con la carta igienica mentre il treno cominciava a rallentare.

No! E se scende? Non lo posso perdere.

Uscì alla svelta dal bagno proprio mentre il convoglio frenava la corsa. L'altoparlante gracchiò il nome della stazione e l'aria compressa sfiatò con l'apertura delle porte. Nora cercava di tornare al suo vagone. Si affacciò al finestrino per controllare il marciapiede nel caso l'uomo fosse già sceso. E lo vide, fu un momento, un lampo, il giubbotto di pelle che scivolava via fra due ragazze e svaniva nelle scale del sottopassaggio. Alzò lo sguardo e lesse il cartello.

Erano fermi alla stazione di Roseto.

Di corsa raggiunse il suo posto. Tirò giù il trolley e afferrò la borsa.

«Scende? Non è Pescara», le disse la donna della «Settimana Enigmistica», ma Nora non le rispose e si precipitò fuori dal vagone mentre il capotreno già fischiava per annunciare l'imminente ripartenza.

Uscì di corsa dalla stazione. Qualche viaggiatore saliva sulle auto di amici o familiari caricando valigie e zaini nei bagagliai, altri si misero davanti alla fermata dei pullman. Nora guardò a destra, fra le macchine parcheggiate, poi a sinistra verso lo stazionamento dei taxi. Davanti a lei un giardinetto con le giostre dei bimbi e una decina di bancarelle di cianfrusaglie. La strada davanti alla stazione era poco trafficata, dell'uomo col giubbotto di pelle non c'era traccia. Forse è andato al bar dall'altra parte dell'incrocio. Aspettò il passaggio di due macchine, attraversò la strada ed entrò nel locale.

Un africano poggiato al bancone, ai piedi un borsone pieno di calzini e mutande, l'aria stanca e sconfitta, beveva un bicchiere di latte. Portava una giacca a vento blu sporca e strappata in più punti. Davanti alla slot machine un uomo anziano fumava e infilava monete. Due ragazzi seduti all'unico tavolino fissavano il proprio smartphone senza parlarsi. Qualcuno dalla radio cantava parole sconnesse che Nora non riusciva a mettere insieme. Nessuna traccia dell'uomo col giubbotto di pelle. «Cosa le servo?», chiese il barista con lo sguardo severo, alto e con una pancia enorme, aveva una barbetta rada e la pelle rossa come se si fosse scottato al sole. «Un... un decaffeinato, per favore», disse. Non ne aveva voglia, ma il tono non ammetteva un rifiuto. Non poteva dire: «Sto cercando un uomo in giubbotto di pelle appena sceso dal treno, per caso è entrato qui?». Non poteva per due motivi. Il primo, in caso di risposta affermativa avrebbe dovuto parlarci, spiegare perché lo stesse cercando, e non se la sentiva. Se invece nel bar il tizio non fosse mai entrato avrebbe sparso la voce nel paese, magari in quel locale lo conoscevano e gli avrebbero detto: «L'altro giorno una signora cercava di te...». «Una signora chi?». «Mah, mai vista da 'ste parti... biondina, un po' vecchia ma si vede che una volta era una bella ragazza...».

E l'uomo col giubbotto forse avrebbe capito.

Ma allora perché sono entrata?

Si limitò a guardare la porta del bagno. Forse era lì. Si sentiva gli occhi dell'africano addosso. Si voltò. Poteva avere vent'anni. Le sorrise con i denti bianchissimi. Aveva i capelli ricci e lunghi. Finì il latte che gli aveva lasciato un baffo bianco sopra le labbra, recuperò il borsone e uscì dal locale mentre il barista le poggiava la tazzina fumante col decaffeinato. «Quello s'è bevuto il latte bollente, e che tiene, la gola di amianto?». Sorrise cercando una complicità con la cliente. «Vuole un bicchiere di minerale?».

«No... no, grazie...». Bevve il caffè. I due ragazzi al tavolino digitavano sul cellulare, ognuno per conto suo, e sorridevano soddisfatti mentre il vecchio continuava a tentare la fortuna. Il barman se ne andò alla cassa, prese un taccuino e si mise a fare dei conti. Il caffè sapeva di acqua sporca di liquirizia. Nora con una smorfia posò la tazzina piena per metà, lasciò un euro sul bancone, mormorò un «buongiorno» e uscì.

L'africano s'era fermato davanti al manifesto pubblicitario di una pelliceria, provava ad accendersi una sigaretta, il muso ancora sporco di latte. Nora si specchiò alla vetrina del negozio. Una vecchia spettinata in mezzo alla strada, ecco cosa sembro. Che sto facendo? Si aggiustò un poco i capelli e alle sue spalle passò un autobus. Piccolo, arancione. Alzò la testa e seduto ai posti centrali vide il giubbotto di pelle marrone. Il mezzo girò verso la provinciale e accelerò. Nora lo indicò col dito. Il ragazzo africano le sorrise. «Che succede, signora?».

«Quello... l'autobus!».

«L'ha perso? Tanto ripassa fra mezz'ora».

«Cosa?», guardò il ragazzo negli occhi. «Cosa passa fra mezz'ora?».

«Il bussetto. Il 5. Fa giro e ripassa, si chiama circolare, sempre stesso giro».

Annuì, si toccò il labbro superiore con due dita guardando il ragazzo. «Hai i baffi di latte».

Quello sorrise e si pulì con la manica del giubbotto. Nora prese il trolley e fece per attraversare.

«Dov'è la fermata?».

«Del 5? Lì!», le indicò una pensilina di plastica trasparente due strade dopo il bar, seminascosta dalle giostre del giardinetto pubblico.

«Grazie», gli rispose, poi si sentì in dovere di ricambiare quella gentilezza. «Vuoi... vuoi dei soldi?».

«Tu vuoi calzini da uomo?».

«No».

«Mutande?».

«Nemmeno».

«Allora io non voglio soldi». Fece un tiro alla sigaretta, si mise il borsone a tracolla e partì verso la sua destinazione.

Nora raggiunse la pensilina e lesse sul cartello i nomi delle fermate che il 5 faceva dalla stazione in poi. Era un bus circolare, girava intorno alla cittadina e tornava alla stazione, al capolinea. Decise di aspettare.

Finalmente l'autista spense la sigaretta e salì sul mezzo. Nora si era seduta in fondo incastrando il trolley fra due sedili. Accese la mappa sullo smartphone, voleva seguire e segnarsi nella memoria il percorso che il mezzo avrebbe fatto. Sul display era perfettamente visibile la topografia della città. Lei era il puntino blu che quando l'autobus partì si mise in movimento.

Cominciò a svoltare in stradine corte e parallele. Nora prendeva nota e guardava. Via Rossetti, via Manzoni, via Mazzini, poi la statale, via Patrizi. Uomini e donne, tutti oltre la cinquantina, salivano e scendevano, nessuno mostrava il biglietto nessuno lo vidimava nessuno la degnava di uno sguardo. Sempre concentrata sul cellulare ogni tanto alzava il viso per vedere la strada. Poi il bus prese via Salara e la cittadina divenne periferia. Le palazzine a due piani con l'alluminio anodizzato dorato alle finestre, campi coltivati ricoperti di piccole gallerie di plastica a coprire le colture, bar dai nomi altisonanti, Sunset Boulevard e Chat Noir, meccanici e carrozzerie, negozi di bomboniere. Giubbotto di pelle sarebbe potuto scendere ovunque. Alla palazzina verde scolorito o in un villino giallo limone. Poteva essere il proprietario della rivendita di detersivi oppure lavorare alla cassa del supermercato. Certo non era suo l'ortofrutta all'ingrosso Bagnucci Frutta Fresca. Giubbotto di pelle di cognome faceva Dainese. Paolo Dainese. Questo Nora non l'avrebbe dimenticato mai.

Passò accanto a una scuola elementare, a un ristorante specialità della casa, a una banca, ancora palazzine. Tre quarti d'ora di giro turistico, poi il bussetto tornò verso il centro. Prese il lungomare, ancora la statale e finalmente si fermò alla stazione. Nora scese e stavolta l'autista che si era acceso di nuovo la sigaretta la guardò. «S'è scordata dove doveva scendere, signora?».

Voleva essere una battuta, forse. Non le venne in mente niente da dirgli. Le succedeva sempre così. Le risposte più acute e puntute le arrivavano un'ora dopo, quando era troppo tardi e non servivano più.

«Se vuole fra venti minuti facciamo un altro giro!», continuò l'autista.

Nora lo guardò fisso negli occhi. «Mi sta prendendo in giro?», gli disse. L'autista cambiò espressione, arrossì un poco. «Chi, io? Ma no, signora, era tanto per...».

«Tanto per cosa?».

L'uomo rimase in silenzio. Nora alzò appena le spalle. «Allora?».

«Non lo so», fece quello. Scuotendo la testa e trascinandosi via il trolley Nora si incamminò verso la stazione.

Il primo treno utile sarebbe partito dal binario 3 in quindici minuti e portava un leggero ritardo. Po-

teva andare peggio. Il cellulare squillò. «Nora, dove sei?».

Era suo marito. «Il treno ha un po' di ritardo,
Pasquale, s'è fermato in mezzo alla campagna».

«Io sto qui al negozio, che faccio ti aspetto o ci
vediamo a casa?».

«No, ci vediamo a casa».

«Nora, che succede?».

«Niente Pasqua', niente. Ci vediamo a casa».

«Sicura? Hai una voce strana...».

«Va tutto bene, sono un po' stanca per il viaggio. A dopo».

Chiuse la comunicazione e si asciugò gli occhi. La
voce di suo marito l'aveva commossa. Era buono Pasquale, lo era sempre stato, da quando erano fidan-
zati. L'uomo più buono del mondo. Gliela poteva
dare la notizia? O era meglio lasciarlo nell'ignoran-
za, nella tranquillità che tutto andava avanti e procedeva nell'abitudine quotidiana? Pasquale non amava gli imprevisti. La sua vita era preordinata, tanto
che una volta un amico gli aveva detto: «Pasqua',
secondo me tu sulla lapide hai già fatto mettere il giorno in cui te ne andrai». Tutto preciso, regolato e cal-
colato. Pasquale voleva sapere ad agosto cosa avrebbero fatto per Natale, a Natale come avrebbero passato la Pasqua, a Pasqua dove andare a mangiare per
l'anniversario e all'anniversario dove avrebbero passato le ferie d'estate, sempre dal primo al 18 di ago-

sto, e il 15 di ogni mese analisi mediche o il dentista o l'oculista. Le medicine pronte la sera per la mattina e la mattina per la sera. Come avrebbe reagito a quella notizia? Non dirglielo era fuori discussione. L'avrebbe preparato, avrebbe introdotto il discorso, poi con molta calma: «Pasquale, ti devo dire un fatto che è successo in treno...». Facile così, che ci voleva? Mancavano gli occhi di suo marito, la sua apprensione, il tremolio della gamba e la bocca risucchiata all'indietro per l'ansia, mancava forse il ticchettio della pendola antica del salone, le onde in spiaggia e l'odore del dopobarba. Con tutte quelle varianti parlare sarebbe stato molto più difficile. «In treno ho incontrato...».

«Chi?».

Vuoi sapere chi ho incontrato, Pasquale? Lo vuoi proprio sapere?

«Sul binario 3 è in arrivo il regionale per Vasto. Ferma a Pineto, Silvi, Montesilvano...».

Si alzò dalla panchina e si avvicinò ai binari. Le sembrò che si muovessero. Forse era solo un riflesso, o forse la sua vista, ma in quel momento non erano più acciaio rigido e inchiavardato a terra da bulloni di dieci centimetri, le sembravano invece quei lunghi bastoni di legno che usavano a scuola all'ora di educazione fisica. Due compagne ne afferravano i capi e al ritmo di una canzoncina scema li aprivano e li chiudevano mentre le altre ci dovevano saltare in mezzo, attente a non farsi pizzicare le caviglie. Come vado a pensare a una cosa simile? Di cinquant'anni fa? Che c'entra?

Tutto, qualsiasi pensiero, dagli orari dei treni a Pasquale, dalle nuvole grigie al mare agitato, dai binari di legno a sua madre e suo padre, lo sbarco sulla luna, Pasquale in terapia intensiva, il panettone senza canditi, il Messico e il Guatemala, la neve sulla Maiella, la casa in montagna a Roccaraso, Parigi con Pasquale Loredana e Marco, una stella marina, il treno che finalmente frenava al binario 3 e apriva le porte, qualsiasi pensiero serviva allo scopo, che era quello di non pensare.

«Un vasto campo di alta pressione si sta impossessando di tutta la penisola e presto interromperà definitivamente la fase di maltempo...».

Si tolse il cappotto, poggiò la borsa sulla poltroncina dell'ingresso. «Sono io!», gridò verso il salone.

«Nora?», rispose la voce di Pasquale. Nora si dette un'occhiata allo specchio. Aveva il viso segnato e stanco.

«Eccomi».

Suo marito era seduto sulla poltrona di velluto blu davanti alla televisione. Le sorrise e si sporse per darle un bacio. «Allora? Com'è andata? Come stanno Loredana e Marco?».

«Stanno bene, io invece sono un po' stanca. Ho pensato che mi vado a fare la doccia e poi andiamo a mangiare fuori che di cucinare non ho voglia».

Pasquale arricciò un po' il naso, faceva sempre così quando qualcosa lo allarmava. «A cena fuori?».

«Te l'ho detto, non mi va di cucinare. A te?».

«No».

«E allora?», gli sorrise e tirandosi il trolley andò in camera da letto. «Non vedo altra soluzione».

Pasquale la trovò seduta sul letto, col maglione appallottolato sulle ginocchia in mutande e reggiseno a guardare un punto vago sul parquet, la valigia ancora chiusa sulla poltrona mentre l'acqua della doccia scrosciava dal bagno. Abbandonata e senza forze, pallida, Nora sembrava non avesse più giunture e cartilagini. Pasquale si sedette lento sul letto, con delicatezza, come se non la volesse svegliare. Poi le poggiò una mano sull'avambraccio, proprio sul nome di Corrado tatuato. Solo allora Nora sembrò risvegliarsi e alzò lo sguardo su suo marito.

«È successo qualcosa da Loredana?».

No, fece lei con la testa.

«Con Marco? I figli?».

Ancora no con la testa.

«Che cosa succede, Nora?», lieve la gamba destra di Pasquale cominciò a tremare.

27

«Ho...», disse, ma sembrava il verso di un animale ferito. «In treno ho incontrato qualcuno».

«Chi?».

Nora si morse le labbra, poi con un solo fiato disse: «Paolo Dainese».

Il nome risuonò nella loro stanza e sembrò andarsi ad attaccare come una ragnatela negli angoli in alto per poter controllare e dominare la loro intimità.

«Non è possibile», ma non si capì se Pasquale ce l'avesse con la moglie o con se stesso.

«Era lui».

La gamba del marito prese ad accelerare il movimento. Nora la fermò con la mano. «Mi sono sentita morire un'altra volta», e lo guardò. Sembrava che gli si fosse svitata la mandibola. Il labbro inferiore pendeva inerme, i capelli che Pasquale aveva ancora forti e neri parevano aver smarrito tutta la loro energia. Anche lui era invecchiato in un istante.

«Non è possibile», ripeté. «Cinque anni due mesi e quattro giorni?».

«Cinque anni, due mesi e quattro giorni» rispose Nora. «Ti ho detto una bugia. Non era in ritardo il treno. È sceso a Roseto e sono scesa anche io. Volevo seguirlo e scoprire dove abitava, ma l'ho perso di vista, magari neanche vive lì, è solo andato a trovare un amico. Ho ripreso il regionale dopo. La faccia, Pasqua', la faccia...», scoppiò a piangere e si appoggiò alla spalla del marito che la strinse forte. «Se ne va in giro come se non fosse successo niente, vive la sua vita come se fosse niente... Niente! Corrado era niente?».

Le lacrime cominciarono a scendere anche sulle guance di Pasquale. Non restò che abbracciarsi forte mentre lo scroscio della pioggia si univa a quello della doccia.

Pasquale si svegliò dopo qualche ora di dormiveglia, il sole non era ancora spuntato. Accanto a lui il posto era vuoto. Accese l'abat-jour e mise gli occhiali ma non aveva voglia di leggere. Li riposò sul comodino. Si alzò. Lo specchio del bagno gli rimandava il viso masticato, i capelli ancora neri, pochi spruzzi bianchi nonostante avesse superato i 65 anni. Gli occhi si erano gonfiati e sembrava che le labbra si fossero un poco ritirate e il collo riempito di grinze. Si lavò superficialmente. Nora era nel letto in camera di Corrado. Solo una piccola porzione del viso spuntava dal piumone. Non lo faceva da tempo. Sei anni prima aveva dormito per un mese intero in quella stanza, sotto quelle coperte che non aveva mai lavato. Pasquale non gliclo aveva mai chiesto, non ce n'era bisogno, sapeva il perché. Odoravano di Corrado. «Dopo la laurea quando ti trovi un lavoro te ne vai e mi lasci la stanza?», gli chiedeva sempre. «Stai scherzando, papà? Qui è meglio che in albergo». E neanche Sole, la fidanzata, riusciva a convincerlo. Anzi, secondo lei, Corrado la tirava lunga sugli esami «perché di crescere mi pare non abbia tutta 'sta voglia».

«E poi che ci devi fare con la stanza, papà?».

«Ci voglio mettere un flipper!».

«E metticelo ora!», gli rispondeva.

«Non c'entra, o il letto o il flipper!». Pasquale immaginava il giorno in cui Corrado avrebbe lasciato casa fra le lacrime nascoste di Nora e lui che fingeva una virile tranquillità ma che dentro si sarebbe sentito morire. «Ma domenica vieni a pranzo?». La camera che sarebbe rimasta intatta per un sacco di tempo, altro che flipper, un vuoto improvviso e poi piano piano avrebbe stipato in garage i libri dell'università, i manifesti, i brevetti del nuoto incorniciati con qualche medaglia appesa sopra. Ma era nell'ordine naturale delle cose, i figli abbandonano il nido, sarebbe andato lui a trovarlo nella nuova casa che avrebbe diviso con Sole portandogli regali, qualche libro, un vaso, anche le paste la domenica. Non era andata così. Corrado era fuggito all'improvviso e aveva lasciato solo un po' di odore nel piumone, non s'era portato via i vestiti che stavano ancora chiusi nell'armadio, neanche i libri dell'università allineati sugli scaffali insieme ai classici della letteratura illustrata per ragazzi. Era andato via che era un bambino, a 23 anni non si è ancora uomini. Avevi ragione, Sole, Corrado non aveva voglia di crescere. Vi volevate bene? Se lo chiedeva ora mentre osservava il corpo di Nora gonfiare la coperta del letto. Era bella, Sole. È bella, Sole, lei c'è ancora! Quant'è che non la incontro? Più di un anno ormai. Evitava la farmacia di famiglia perché non ce l'avrebbe fatta a vederla dietro il bancone. Sole era Corrado, Corrado era Sole. Nora si agitò, cambiò lato e proseguì il sonno. Pasquale richiuse la porta. Si infilò il giubbotto e uscì di casa.

La spiaggia era deserta, incontrò solo due ragazze che correvano e un uomo con un labrador enorme. Quanto amore devi avere per un cane per fare sacrifici simili ogni mattina all'alba? Il mare era solcato dai cavalloni, la sabbia coperta da una crosta scura e bagnata per l'acquazzone del giorno prima si frantumava a ogni passo e sotto riappariva quella più chiara, asciutta, estiva. Gli piaceva l'odore salmastro misto ad alghe morte. Nora era nata a Pescara, lui era di un paesino vicino Chieti in mezzo alle montagne, il mare non faceva parte del suo panorama d'infanzia, anzi lo aveva sempre temuto. I primi tempi in quella città, quando suo padre aveva trasferito lo studio, stava lontano da spiagge e cavalloni. Aveva imparato tardi a nuotare ma alla fine gli era entrato nel sangue. Se lo respirava a pieni polmoni ogni giorno, lo aiutava a pensare, a capire meglio la vita, i sogni e le paure.

«Buongiorno!» lo salutò l'ingegnere Caccia col suo terrier.

«Buongiorno ingegnere».

Già con la pipa accesa in bocca di prima mattina, cancellò con l'aroma del suo tabacco al whisky la salsedine.

«Oggi sarà una splendida giornata!» disse quello guardando il cielo, Pasquale annuì e proseguì.

Per te lo sarà. Che hai tutti e tre i figli, che ogni domenica vengono a casa tua a pranzo, che ti hanno già regalato due nipoti. Per me no, non lo è. Né oggi né domani, non è una bella giornata da sei anni. E mai ce ne sarà più una.

Un'onda lunga si infranse sul bagnasciuga e quasi gli spruzzò le scarpe. Quando Corrado era piccolo giocavano sempre a evitare l'onda. Funzionava così: si aspettava l'acqua che si spandeva sulla spiaggia e si correva all'indietro urlando. All'epoca camminava appena, Corrado, aveva i piedi tondi e paffuti come panini e urlava eccitato. Chissà perché non abbandonava mai la paletta verde. Amava quella paletta. E quando si perse furono pianti per giorni. Inutile ricomprarla, voleva quella. Poi passò, non ci pensò più e la paletta verde finì nel dimenticatoio di un bimbo di neanche tre anni. Sarebbe stato bello avere quel potere di rimozione, pensò guardando l'orizzonte. La gobba del sole era appena spuntata spruzzando di rosso e arancione il cielo. Un gruppo di nuvole lisce e lunghe sembrava misurare la linea del mare. Si voltò verso la città. Era arrivato in centro. Al terzo piano del palazzo erano accese due luci. Prese il cellulare e scrisse un messaggio: *Sono qui sotto. Mi puoi ricevere o dormi ancora?*

Attese. Poi un suono lo avvertì che era arrivata la risposta: *Ci vediamo al bar fra cinque minuti.*

Pasquale alzò la mano per attirare l'attenzione di Nicola che era entrato. «Qui!», disse. L'amico sorrise, salutò il barman e lo raggiunse. «Pasqua', apri così presto?». Si abbracciarono, un bacio per guancia, poi si sedettero. «Scusa se ti rompo all'alba...».

«Figurati. Alle otto devo essere in tribunale, quindi nessun disturbo. Tieni una faccia... che hai?».

Il cameriere portò due caffè. Pasquale ci mise una bustina di zucchero, poi lo girò e finalmente guardò l'amico. «Mi spieghi com'è possibile che sta già fuori?».

Nicola sgranò gli occhi azzurri. «Dainese è fuori?».

«L'ha visto Nora ieri in treno. È sceso a Roseto».

Nicola annuì. Poi bevve il caffè. Con una smorfia posò la tazzina. Prese una penna dal ta-

33

schino della giacca, strappò un tovagliolino di carta dal distributore e cominciò a scrivere. «Allora vediamo... Dainese era riuscito ad avere il preterintenzionale. E io già ti dissi che aveva vinto, col preterintenzionale aveva vinto. Dunque se n'è fatti cinque e ora sarà ai domiciliari. Gliene avevano dati quattordici e qualcosa, mi pare, no? In appello gliene avevano tolti tre. Attenuanti generiche eccetera. Allora cominciamo», alzò un dito, «articolo 48 dell'ordinamento penitenziario: dopo metà pena si è ammessi alla semilibertà, quindi a sette anni già ne avrebbe avuto il diritto».

«Sì, ma...».

«Aspetta, Pasqua'. Ogni anno di prigione vale solo nove mesi, articolo 54. Quindi faccio due conti... In sette anni sarebbero... sette per nove sessantatré diviso dodici... cinque virgola venticinque, sette anni in prigione in realtà sono cinque virgola qualcosa se fai il bravo, cioè se non ammazzi qualcuno basta che ti fai i fatti tuoi e sei già in buona condotta. Poi», e proseguì a scrivere sul foglietto, «l'articolo 30 e rotti ti dà quarantacinque giorni di permesso ogni anno. Insomma», consegnò il foglietto a Pasquale, «poco più di cinque anni».

Pasquale guardò gli scarabocchi dell'amico. Poi alzò gli occhi. «È giusto?».

«No, Pasqua', giusto non è. È la legge».

«La legge dice che quello può andare in giro o a casa sua mentre mio figlio sta a San Silvestro?».

Nicola abbassò lo sguardo e si guardò le mani.

«Lo so...».

«No. Non lo sai». Pasquale si alzò dal tavolino. «Grazie, Nico', e scusami. Qui ci penso io», e indicò le tazzine. Se ne andò alla cassa. L'avvocato si passò le mani sul viso sputando fuori tutta l'aria che aveva.

Di nuovo in strada, Pasquale decise che avrebbe aperto anche se con un'ora di anticipo. La città si stava svegliando, aumentavano le macchine per strada e qualche bambino coperto da cappello e sciarpa ancorato a una cartella veniva trascinato da una mamma. «E su, Federi', andiamo!», gridava mentre quello aveva ancora gli occhi di sonno e muoveva i passi con una lentezza esasperante.

«Pasqua'? Pasquale?».

Nicola appena uscito dal bar lo raggiunse. «Che vuoi fare?».

«Che vuoi dire?».

«Ora che 'sto tizio è fuori, che vuoi fare?».

«Che posso fare?». Si guardarono. L'avvocato allargò le braccia. «E allora che cosa vuoi che faccia, Nico'? Vado ad aprire la tabaccheria. Con permesso. E scusa se ti ho disturbato a quest'ora».

«Mi dispiace che quest'incontro t'abbia riaperto la ferita».

«Nico', una ferita per riaprirsi prima si deve chiudere».

«Ti giuro che adesso al tribunale controllo, mi informo».

Pasquale gli sorrise e si incamminò nella piazza mentre l'amico riprendeva la strada di casa. Guardò le nuvole grigie, si mise la mano in tasca e tirò fuori il tovagliolino di carta imbrattato dalla grafia frettolosa dell'amico avvocato. Lo appallottolò e lo scagliò a terra. Lo guardò rotolare fino a quando si fermò sotto lo pneumatico di una BMW parcheggiata.

Tornò a casa all'ora di pranzo. Jana stava ancora pulendo il salone. «Buongiorno Jana... Nora?».

«La signora dorme. Sempre in stanza Corrado», aggiunse con gli occhi tristi.

«Ancora dorme?», chiese Pasquale appendendo il giaccone all'appendiabiti dell'ingresso. La ragazza annuì. Andò alla porta della stanza di Corrado. Lieve bussò con le nocche. Non ebbe risposta, neanche un flebile lamento. Aprì un poco e vide Nora ancora sotto le coperte. La luce penetrava dalla serranda semichiusa. Entrò in punta di piedi. Il respiro della moglie era denso, lento e profondo. Sul comodino giaceva il libro con sopra gli occhiali. Il bicchiere d'acqua era vuoto. Lo prese e uscì dalla camera del figlio.

«Jana, ma lei l'ha vista? Cioè, è uscita, si è alzata?».

«No, solo ho sentito andare in bagno verso le dieci. Ma poi sempre rimasta in camera. Preparo penne?».

«No, Jana, tranquilla...», preferì qualcosa di surgelato alla pasta di Jana. Una sola volta l'aveva cucinata e da allora non l'aveva più dimenticata. Penne lisce con i fagiolini interi. C'era ancora Corrado che per quel primo piatto le aveva cambiato il nome in Jena. Sorrise a quel ricordo e se ne andò in cucina.

«Io vado, signor Pasquale!», fece Jana dall'ingresso.

«Va bene, Jana. A domani».

Il microonde suonò e la pizza era pronta e fumante. La mangiò più per abitudine che per fame, sapeva solo che doveva mangiare. Nutrirsi per vivere.

Sopravvivere.

Portare i fiori sulla tomba di un figlio è contro natura. Piangere sulla tomba di un figlio è contro natura. Vivere al posto di tuo figlio è anche peggio. Perché Pasquale stava vivendo la vita che era di Corrado. Era sua la tabaccheria, sua e di Nora. E dietro il bancone quel giorno avrebbe dovuto esserci lui. Se c'era qualcuno che doveva esalare l'ultimo respiro sul pavimento del negozio in una pozza di sangue era sempre e soltanto lui. C'è gente cui tagliano un braccio e per anni ne percepisce il prurito. Crede di poter muovere ancora le dita della mano mancante, si stupisce la mattina quando si sveglia e non trova l'arto al suo posto. Quando Corrado se n'era andato Pasquale sapeva che non l'avrebbe trovato più. Che non poteva chiamarlo al telefono, abbracciarlo, perché suo figlio non era da nessuna parte. Eppure ogni tanto gli sembrava di sentire la sua voce, il suo odore, qualche sera la sua ombra sgattaiolava rapida in camera da letto come faceva ai tempi del liceo per non farsi scoprire. Un arto amputato, che non c'è più e che Pasquale si illudeva, invece, fosse ancora accanto a lui. Corrado non ci sarebbe stato mai più. Questa era la condanna che Pasquale avrebbe scontato fino al suo ultimo respiro.

«Buon appetito», disse Nora con un filo di voce andando verso il lavello.

«Buongiorno... ti sei svegliata adesso?».

«Non mi sono svegliata», gli rispose e riempì un bicchiere d'acqua.

Pasquale le guardava la nuca e le spalle. «Torno a letto», disse girandosi e lasciando un sorriso spento al marito.

«Hai preso il Lexotan?».

«No. Scusami, poi domani e dopodomani al negozio ci vado io».

«Non stare zitta, Nora, sono qui, vicino a te e ti sto parlando. Guardami...».

«Pasquale, fammi tornare a letto per piacere».

Attese fin quando sentì chiudersi la porta in fondo al corridoio. La pizza s'era freddata, la mela era gelata e l'acqua sapeva di calcio.

Dovevo esserci io al negozio al posto tuo, io. Da sei anni si ripeteva quella frase, inutile, ossessiva: dovevo esserci io al negozio. Colpa di un vestito di merda per una comunione di merda. Le macchine della polizia davanti alla tabaccheria, la gente che lo guardava con gli occhi bassi, terrorizzati e pietosi insieme. Erano spariti i suoni e gli odori, la luce era grigia e metallica e gli sembrò di impiegarci un'eternità per raggiungere la rivendita. Ricordava l'agente di polizia che gli era andato incontro, lo conosceva, era figlio di un suo cliente, Apuzzo? Arduzzo?, gli occhi chiari cerchiati di rosso. «Non entri, dottor Camplone, non entri». «Non sono dottore», gli aveva risposto, cercando di guardare attraverso la porta a vetri, col sangue gelato nelle vene senza più un cuore che batteva. Non vedeva niente, solo ombre in divisa. «Si sente bene?», fece l'altro poliziotto, uno bruno e magrissimo. «Eh?». «Si sente bene, signore?». Non lo so, avrebbe voluto rispondere. Nel riflesso della vetrina gli parve di essere bianco come il ghiaccio dalla testa ai piedi, la busta della boutique con il vestito di merda appesa a un braccio che dondolava. «L'abbiamo preso». Chi? Cosa avete preso? Di che parlate? Poi più niente. Qualcuno urlò ma lui non era più lì. Tre giorni in terapia intensiva. Era uscito giusto in tempo per il funerale.

Si alzò. Entrò in salone e aprì la scansia dei liquori. Si attaccò direttamente alla bottiglia di brandy e attese il bruciore allo stomaco che arrivò dopo pochi secondi. Un altro sorso e guardò l'orologio. Aveva ancora un'oretta da trascorrere prima della riapertura, e niente da fare. Andò alla sua libreria, sulla prima mensola in alto metteva i libri appena comprati e ancora da leggere. Ne prese uno di un autore finlandese. Provò ad aprirlo ma leggeva senza capire. Accese la televisione. Facce e macchie colorate che urlavano per vendere oggetti di dubbio uso. Guardò fuori dalla finestra. Il mare sembrava più calmo. Le palme erano quasi immobili, il vento s'era quietato. Tornò in camera da letto. Nora dormiva.

E dormì tutto il giorno, e quello seguente e quello dopo ancora. Poi la mattina del quarto si alzò alle sette, come sua abitudine preparò la colazione al marito e uscì di casa senza lasciare una nota. Prese il cellulare che teneva spento da giorni, ma non lo accese. Cercò di ricordare dove fosse la macchina. Dovette fare tre giri dell'isolato per trovarla. Era proprio sul lungomare. Il vento l'aveva sporcata di sabbia, ma partì al primo tentativo. Guidò piano in mezzo al traffico mattutino di chi andava al lavoro. Prese l'autostrada e uscì a Roseto. Ci mise poco a ritrovare le strade del percorso del bus. Parcheggiò vicino a un forno proprio davanti alla fermata del 5. In quel momento il piccolo autobus le passò davanti. Lo osservò, era semivuoto. Prese un respiro. Aveva scelto quella fermata perché era la più lontana dal capolinea. Avrebbe cercato di esaurire tutte le abitazioni lì vicino, negozi, garage, per poi passare alla fermata successiva e così via. Un lavoro impossibile, forse inutile, ma Nora il tempo ce l'aveva, era l'unica cosa che le era rimasta. Non voleva fare domande, solo guardare i citofoni dei villini, delle palazzine. Sbirciare nei negozi e sperare in un colpo di fortuna. Cominciò dal civico più vicino, un condominio di tre piani. Passò al secondo e poi al terzo. Le macchine correvano sulla strada alle sue spalle e il cielo si era oscurato. Si affacciò al primo negozio, una cartoleria, poi al forno, poi prese una stradina laterale cieca che portava a due villini. Controllò i nomi sui campanelli di quelle abitazioni. Un cane piccolo e nervoso si lanciò sulla recinzione abbaiando. Dalla finestra del primo piano una donna scostò le tendine e la osservò. Poi fu inghiottita dal buio della stanza. Nora tornò verso la strada principale. Girò a destra e perlustrò le poche abitazioni. Si fermò per un attimo davanti alla vetrina di un parrucchiere. C'era una ragazza appoggiata al bancone che controllava il suo cellulare e una donna che passava l'impasto biancastro del colore sulla chioma di una cliente. Chiacchierava masticando la gomma americana. Aveva due ciocche e la frangetta viola. Nora riprese a camminare puntando l'ultima abitazione alle spalle della quale restava solo campagna. La casa a due piani non sembrava abitata. Imposte chiuse e polverose e sotto una verandina una vecchia barca di legno con lo scafo squarciato. Il cancello era arrugginito e nel piccolo giardino solo sterpi gialli pieni di spine. Una fontanella sovrastata da un putto non gettava acqua da chissà quanto tempo. Doveva passare alla fermata successiva. Sapeva che man mano che si avvicinava alla città il compito sarebbe diventato più difficile, c'erano sempre più abitazioni e negozi, ma non si scoraggiò. Prima o poi il cognome Dainese sarebbe apparso su un citofono e lei finalmente avrebbe scoperto dove abitava l'assassino di suo figlio.

Non risultava nessun Dainese in elenco a Roseto. E neanche c'erano tracce in rete. Nora era lì, in quella città, di questo ne era certo, a cercare quell'uomo. E se lo trova? Pasquale servì l'ultimo cliente, chiuse il computer e spense la luce del negozio. Una volta fuori girò la chiave nella serratura e la serranda si abbassò cigolando. La signora Castri della boutique lo salutò e anche la cameriera del bar dove lui prendeva sempre il caffè a metà mattinata e l'orzo nel pomeriggio. Era umido e l'aria salmastra era unta e pesante. Si tirò su la zip della giacca a vento. Sotto una pioggia impalpabile con le mani in tasca si incamminò verso via Alighieri. Teneva il passo cadenzato e continuo. L'odore di fritto di una rosticceria gli rivoltò lo stomaco. Arrivò al suo bar preferito, Fusoliera, una delle parole inventate da D'Annunzio, il vate cittadino. Le vetrine appannate lasciavano intravvedere corpi di clienti seduti ai tavoli. Spalancò la porta di legno a doppio battente, entrò e fu avvolto da un calore umido. Si passò la mano sui capelli fradici. C'erano due uomini al bancone che chiacchieravano e che Pasquale non conosceva. Ai tavoli, dei ragazzi bevevano un liquido arancione con una cannuccia. L'odore di zucchero e di caffè era piacevole e il pavimento di legno scricchiolava sotto le scarpe. Umberto stava di spalle a spillare una birra chiara. La depositò sul bancone, poi si accorse di Pasquale. Gli sorrise e afferrò la bottiglia di brandy sulla rastrelliera dietro la cassa. Pasquale si sedette sullo sgabello, il barman gli mise il bicchiere a tulipano davanti e lo riempì con il nettare scuro. «Alla tua», gli disse avvitando il tappo della bottiglia. Pasquale prese un primo sorso, il suo preferito, perché lo sentiva scendere giù per la gola e scoppiare nella pancia mentre l'odore di uve amare si spandeva nelle narici. Ne teneva sempre una goccia in bocca per sciacquarla. Gli piaceva l'alcol che si intrufolava fra i denti, lavava le gengive e accarezzava la lingua. «Umbe'», lo chiamò e gli fece cenno di avvicinarsi. «Quando mi dai due minuti?».

Il proprietario del bar si guardò intorno. «Dimmi...», fece poggiando gli avambracci grossi e tozzi sul piano.

«Possiamo spostarci lì?», e indicò l'angolo più lontano della sala.

Umberto si morse il labbro superiore e annuì. Pasquale afferrò il bicchiere e si avviò verso il tavolino che aveva preso il posto di una cabina telefonica di legno ormai sparita da anni. Si sedette e Umberto lo raggiunse. «Che succede? Tieni una brutta faccia».

«Mi serve un aiuto», poi abbassando il volume aggiunse: «Un grosso aiuto».

Poteva fidarsi di Umberto. Non tanto per la quantità di compiti che gli aveva passato durante il liceo ma se il padre di Umberto era riuscito a evitare la galera era grazie al papà di Pasquale, l'avvocato Ser-

gio Camplone. Senza mai chiedere un soldo di ono-
rario, nel '54 l'aveva salvato dall'accusa di pecula-
to. Della fabbrica dolciaria non era rimasto nulla e
la famiglia tirò avanti con il bar Fusoliera, ma il padre di Umberto, Fernando Mammarella, non si fece un giorno di prigione. Umberto alzò il viso e indicò quattro fori scavati nella boiserie di legno scuro che rivestiva tutto il locale. «Vedi Pasqua' quei
quattro buchi? Qui una volta c'era il telefono. Era
grigio chiaro e serviva ai clienti e a noi per fare le
telefonate. Io a mio padre in lacrime che ringrazia
l'avvocato Camplone non me lo scorderò finché
campo. Quindi parla, sono qui. Di che si tratta?».

«Umbe', mi fai una birra?», gli urlò uno dei due
clienti al bancone.

«Devi aspettare», gli rispose senza neanche vol-
tarsi.

«Dainese...», soffiò Pasquale.

«Embè?».

«È uscito. Mia moglie l'ha visto a Roseto».

Umberto si passò la mano pelosa sul mento. Gli
occhi azzurri si ravvivarono. «Quel Dainese?».

«Ce ne sono altri?».

«Che aiuto vuoi?».

«Ci penso da tre giorni, Umbe'. Mi serve una
pistola».

«Ma che cazzo dici?», ringhiò Umberto Mammarella, poi abbassò ancora la voce che divenne un

raschio che grattava la gola. «Che ti acconti, Pasquale? Che ti sei messo in testa? Vuoi combinare una cazzata?».

Pasquale abbassò gli occhi.

«Tu 'ste cose non le devi fare, non le sai fare. Gli vuoi sparare? Pasqua', tu manco a pesca sei mai andato!».

«Non ci dormo la notte. Non è giusto, mio figlio...».

«No che non è giusto, e allora? Senti, il fatto è grosso e non ne possiamo parlare qui. Io chiudo alle dieci e vengo a casa tua».

«C'è Nora».

«Dille che devi scendere, inventati una scusa e stiamo in macchina a parlare. Qui no!».

Pasquale annuì. Umberto gli strinse la spalla, poi si alzò dal tavolo. «Ecco, mo' ti porto la birra», urlò al cliente. Pasquale finì il brandy, mise mano al portafogli e lasciò una banconota da cinque euro sul tavolo. Umberto, neanche avesse gli occhi dietro la nuca, si voltò e indicò i soldi. «Quelli te li rimetti in tasca».

«Ho preso un brandy!», protestò.

«Pasqua', non mi far venire i nervi».

Nora si era messa a letto già alle otto e mezza. Non aveva fame. Sonno, quello sì. Alla luce dell'abat-jour cercava di risolvere un rebus su una rivista ma si perdeva a osservare il disegno. Pensava alla stranezza dei soggetti rappresentati, appartenevano a un'Italia che non c'è più. I poliziotti con le divise degli anni '50, come anche di quell'epoca i vestiti delle ragazze o dei bambini, le case e le automobili. I paesaggi e le case ricordavano i film con De Sica e la Lollobrigida, nessun segno di modernità. Tutto il panorama immaginario dei rebus era rimasto indietro di almeno sessant'anni. Sentì le chiavi di Pasquale nella toppa, quindi i passi del marito prima sul tappeto poi sul parquet, le luci del corridoio accendersi. Un minuto dopo l'uomo si affacciò in camera da letto. «Come stai?», le chiese. Lei alzò le spalle. «Dove sei stata?».

«In giro».

Pasquale sorrise appena, sembrava non volesse sapere altro. «Hai mangiato?».

«Non ho fame. Ti ho lasciato il pollo nel forno».

«Grazie», e sparì in corridoio. Forse dobbiamo parlare, raccontarci cosa stiamo provando. Ma Nora non ne ebbe la forza. Che poteva dirgli? Che la sua vita era finita sei anni prima e che aveva trovato un senso solo nel processo? Che quella casa era arida e spenta, buona solo per la polvere e per far divertire il tempo a rosicchiarla piano piano fino a ridurla a qualche mattone e una trave di legno? A chi lasciava i suoi ricordi? Le foto, i pochi gioielli? La casa a Roccaraso in montagna, mai più riaperta? A chi? A Danilo, il figlio di sua sorella, che bene che andasse avrebbe finito i giorni in una clinica? O ai nipoti di Pasquale, che stavano a Milano e che lei a malapena avrebbe riconosciuto per strada? Ai figli di sua cugina di Ancona? A chi lasciava gli anni di università di Corrado? Le nottate a ripassare Procedura? Avrebbe fatto l'avvocato, come suo nonno. E la voglia di diventare nonna? A lei questo diritto era stato negato. La prima della sua famiglia che non lo sarebbe stata. La seconda, pensò, anche sua sorella Francesca non avrebbe avuto nipoti, Danilo aveva 28 anni ma il cervello era rimasto all'asilo nido. Che famiglia disgraziata. Da giovane a queste cose non ci pensi. Pensi solo a vivere, al lavoro, poi arriva il figlio.

Perché non ne ho fatto un altro?

«Scusami, Corrado», disse con un filo di voce, «scusami...», e poi il pianto ebbe la meglio. Si coprì il viso con la rivista enigmistica. Stava tradendo ancora suo figlio, ogni giorno da quando era morto sentiva di tradirlo. Lo tradiva quando guardava i bimbi nei carrozzini con gli occhi sgranati sul mondo, lo tradiva ogni volta che vedeva Sole, la fidanzata di Corrado, camminare per strada. E lo tradiva ogni volta che aveva voglia di distrarsi, di giocare a carte o provare a pensare a un viaggio insieme a Pasquale.

Un viaggio dove? Per raccontarlo a chi? Francesca le diceva sempre: fallo per te! Quello era il punto. Non c'era niente che Nora potesse fare per sé perché lei non c'era più. E ogni pensiero ogni sorriso ogni emozione lo sentiva come un tradimento nei confronti di Corrado perché era un tentativo di tornare alla vita mentre a lui la vita l'avevano tolta. Una madre non ha più diritto alla vita se suo figlio quel diritto non ce l'ha più, se lo ripeteva come un mantra da quasi sei anni.

Percepì Pasquale sedersi sul letto. Le scostò il giornale dal viso e l'abbracciò. Nora si lasciò andare e singhiozzò sulla spalla del marito. «Non passa, Pasqua'», gli disse, «non passa più».

«No, amore mio. Non passerà mai».

Si strinsero ancora più forte. Poi Nora si asciugò gli occhi. «Era buono il pollo?».

Pasquale le carezzò la guancia. «Scendo un attimo».

«Scendi?».

«Sì. C'è Umberto giù, mi deve chiedere qualcosa, forse un favore».

«E fallo salire».

«No, meglio se scendo».

L'abitacolo dell'auto era picno di fumo. Umberto aveva aperto un dito di finestrino dal quale penetrava aria fredda e qualche goccia leggera di pioggia novembrina. Le maniche del maglione tirate su scoprivano gli avambracci pelosi e grossi poggiati sulle razze del volante.

«Io quest'aiuto non te lo do», gli disse. «Ci ho pensato bene, è una follia. Tu non sai neanche da che parte si punta una pistola. Non è un film, Pasquale, non è facile».

«Ma tu sai dove trovare quelle pistole senza la... come si chiama, la matricola?».

«Io te la posso pure rimediare coi colpi dentro, e poi?».

«Poi lascia fare a me».

«Ma che ti lascio fare, Pasqua'? Hai mai sparato non dico a una persona, ma a un uccello? A un cinghiale? Hai mai solo tirato il grilletto una volta in vita tua?».

«Da soldato», rispose timido.

«Ma che cazzo c'entra? Quello non è sparare».

«Ma perché, tu l'hai fatto?».

«Io no, a una persona mai e mai a un animale. Già al poligono è difficile. Questi affari non sono per noi».

«E allora trovami qualcuno che si occupa di questi affari».

«No, non c'è». Si accese un'altra sigaretta. «Quando hai un locale vivi sulla strada. E non sai mai chi può entrare dalla porta. E io di gente ne ho vista e ne conosco. Di tutti i tipi. I ladri, i truffatori, le zoccole, i bravi ragazzi, gli spacciatori. Ti si mangiano».

«A me sì, ma se mi aiuti...».

Umberto sputò il fumo fuori dal finestrino.

«Non ti posso aiutare».

Pasquale lo guardò, sembrava trattenere il fiato, le labbra serrate.

«Non mi chiedere questo, Pasquale, è terribile, non sono in grado».

«Ti sto solo chiedendo...».

«No, non voglio!», lo interruppe Umberto. Poi guardò fuori dal parabrezza mitragliato dalle gocce di pioggia che tamburellavano sul tetto dell'auto. «Uccidere una persona non è facile».

«Allora, per favore, dimmi a chi mi devo rivolgere».

«Ma che ne so, Pasqua'! Mica sono un camorrista. Forse in giro c'è gente disperata, ma sono dei tossici, alcolizzati che ti si portano in galera il giorno dopo, ammesso che riescano ad andare fino in fondo. E poi?».

«Poi che?».

«Tu la notte ci dormi?».

Pasquale con uno scatto incrociò le braccia. «Io la notte non dormo da quando è morto Corrado. E per me la vita di quella merda non vale niente. A questo aggiungi anche un altro dettaglio».

«Sarebbe?».

«Io manco credo in Dio».

«Che c'entra mo' Dio?». Umberto buttò la cicca fuori dal finestrino. «Qui parliamo della coscienza. Io non dormirei».

«Perché tuo figlio è vivo e gioca a calcio. Se te l'avessero ammazzato sotto gli occhi?».

«Non lo so!», gridò Umberto. «Questo non lo so! Che farei? Non lo so. Starei male, mi mangerei il fegato, forse sarei sempre 'mbriaco, ma non lo so se me la sentirei di prendere una pistola e sparare a un uomo. Né chiederei mai a qualcuno di sparare al posto mio. In più, come t'ho detto, non saprei manco a chi lo dovrei chiedere».

«E allora, Umbe', non mi sei utile», e Pasquale aprì lo sportello.

«Aspetta, aspetta».

«Che devo aspettare?».

«Ci devi ripensare. Non è la strada giusta. Magari con un avvocato bravo...».

«Cosa? Dainese è già stato condannato per quell'omicidio. Ha scontato la pena. Caso chiuso, fine».

«E allora tu lo uccidi?».

«Se mi fa ritornare il sonno sì. Per favore non dire niente a nessuno».

«Per chi mi hai preso?», disse Umberto sgranando gli occhi.

«Grazie per l'aiuto, Umbe'», e scese dall'auto

sbattendo lo sportello. Umberto rimase lì a guardare l'amico sparire tra le gocce di pioggia.

Sarebbe potuta andare alla polizia e chiedere semplicemente dove alloggiava Paolo Dainese. Ma c'erano due ordini di problemi. Il primo, spiegare alle forze dell'ordine perché si interessava tanto di quell'uomo. Mentire, certo, ma qualche domanda inevitabilmente l'avrebbe provocata: perché si interessa a un omicida appena uscito di carcere? Il secondo problema era che Nora non voleva si sapesse che lo stava cercando. Era importante mantenere il segreto, il vantaggio, e soprattutto non metterlo sul chi va là. Dainese non doveva sapere, e perché questo potesse accadere erano necessari discrezione assoluta e profilo basso. Così si diceva il giorno dopo montando in auto alle nove del mattino diretta a Roseto, a rifare il giro di case e palazzine. Imboccata l'autostrada le venne l'idea.
«Quando l'hai incontrato? Che giorno era? Che ore erano?», disse ad alta voce mentre ritirava il biglietto per il pagamento dalla cassa automatica. Era andata ad Ancona a trovare Loredana, quindi era mercoledì. «Mercoledì». Ingranò la prima. «Oggi è mercoledì... che ore erano?», fece i calcoli. Dovevo arrivare a Pescara alle quattro, poi sono scesa di corsa dal treno a Roseto per seguire Dainese. Pescara-Roseto sono venti minuti di treno

quindi alle tre e mezza più o meno. Doveva andare alla stazione, mettersi all'uscita già dalle due e aspettarlo. E se non fosse sceso avrebbe ripetuto la posta il giorno dopo e il giorno dopo ancora.

E se quel viaggio in treno fosse stato casuale? Allora sarebbe stato del tutto inutile, ma valeva la pena provare.

Non andò in giro per il paese a cercare un nome sul citofono come una rabdomante, ma si fermò alla stazione già alle undici del mattino e si piantò davanti agli orari. Trovò subito il treno che aveva preso una settimana prima. Controllò le stazioni percorse per cercare di capire quale potesse essere quella di Paolo Dainese. Tutto stava ricordarsi dove s'era addormentata. A Porto Recanati? A Civitanova Marche? Non aveva visto Dainese salire sul treno, solo dopo essersi svegliata di soprassalto s'era accorta della sua presenza.

Quali stazioni ho attraversato una volta sveglia?

«Concentrati, Nora, concentrati».

Chiuse gli occhi e si appoggiò al vetro della bacheca che conteneva il foglio dell'orario.

«Tutto bene, signora?», la risvegliò una voce di uomo. Era un addetto alla stazione in divisa da ferroviere. Giovane, neanche trent'anni.

«Eh? Sì, sì, certo. Sto solo cercando di ricordarmi... Tutto bene, non si preoccupi».

L'uomo sorrise e si allontanò.

«Grazie», gli disse. Tornò a guardare le fermate del treno. Ricordò all'improvviso Cupra Marittima. Così le aveva detto la signora della «Settimana Enigmistica». «L'ultima fermata è stata Cupra Marittima, l'8 orizzontale». E Dainese era già montato sul treno.

Era salito da qualche parte fra Porto Recanati e Cupra Marittima. Otto stazioni. Neanche troppe.

E se avesse solo cambiato vagone? Salito chissà dove poi a un certo punto ha scelto quella carrozza perché magari era più comoda? Scansò il pensiero con un gesto deciso del capo. Impossibile. Il treno era mezzo vuoto, perché cambiare di posto? Sperava fosse così, doveva essere così, altrimenti il raggio di ricerca tornava a essere un diametro. Le venne in mente un altro dettaglio. Dainese non aveva valigie né zaino, neanche una sacca. Viaggiava leggero, distanza breve? Da un posto familiare a un altro posto familiare?

Andò a sedersi al tavolino del piccolo bar. Prese un decaffeinato e si mise a osservare i binari attraverso il vetro. La radio mandava una canzone in inglese che Nora non conosceva. Tre vecchi se ne stavano in silenzio seduti al tavolino. Uno guardava il soffitto, il secondo strizzava gli occhi e cercava di leggere un dépliant pubblicitario, il terzo invece era alle prese con un solitario. Quello attratto dalle plafoniere con le luci al neon teneva le mani sul manico del bastone. Il lettore invece muoveva le labbra. Il terzo schioccò una carta sul tavolo soddisfatto, raccolse il mazzo e cominciò a mischiarle di nuovo. «Ha riuscite!», disse soddisfatto ma nessuno dei suoi compari lo degnò di uno sguardo.

Stava perdendo tempo. Mancavano due ore all'arrivo del treno, poteva intanto andare di nuovo in cerca della casa, inutilmente forse, ma meglio che starsene seduta a farsi passare i minuti addosso. Le suonò il cellulare.

«Pasquale?».

«Dove sei?».

«In giro...».

Sentì il marito prendere un respiro profondo. «In giro dove?».

«Non mi fare domande, Pasqua', non ti posso rispondere».

«Lo stai cercando? Almeno l'hai trovato?».

Nora girò il cucchiaino nella pappetta di zucchero sul fondo della tazzina.

«E quando pure lo trovi?».

«Ci vediamo stasera».

«Ci hanno invitati a cena, per questo ti chiamavo».

«Chi?».

«Nicola e Adele».

L'avvocato e sua moglie.

«Non ne ho voglia».

«Puoi fare uno sforzo?».

«No, Pasquale, non posso. A sessant'anni passati ho capito questo: non farò più niente che non ho voglia di fare».

Sentì il campanello del negozio.

«Ho clienti. Io ti aspetto lo stesso alle otto a casa, poi fai come ti pare», disse offeso e chiuse la telefonata.

Pasquale la prendeva sul personale. Come spiegargli che non aveva niente contro di lui? Che la sua vita non c'era più da anni e non aveva chiesto il divorzio perché non ne aveva la forza? Gli voleva bene, lo rispettava e rispettava il suo dolore, anche lui soffriva. Ma fra loro si era scavato un fossato che non si poteva più richiudere. Forse a vent'anni si sarebbe messa con pala e piccone a cercare di riempirlo di nuovo. Restava lì come uno sfregio su un quadro che una volta era bello, un taglio che non poteva più ricucire. Era rimasta accanto a suo marito solo per condividere il dolore, giorno dopo giorno. Sarebbe stato vigliacco per lei scappare da quella casa. Il funerale, il processo e poi il vuoto senza speranza dell'appartamento, senza neanche l'eco di una voce. Notti senza sogni, giornate deserte a contare i passi, le ore scandite da abitudini senza più senso. Non c'erano tramonti caldi, albe rosate, giornate di sole e venti di primavera. Era come camminare in una strada lunga

57

che si perdeva in un orizzonte grigio, in un cimitero prima che lo abitassero le tombe.

Ci aveva pensato tante volte in quegli anni: e se Pasquale se ne fosse andato? Se suo marito avesse trovato la forza di rifarsi una vita? In un'altra città, magari, con un'altra donna, sotto un altro cielo? Gli avrebbe sorriso e augurato il meglio, senza neanche provare invidia per la forza ritrovata, per una voglia di vivere che lei non aveva più. Se avesse incontrato una più giovane magari poteva mettere al mondo un altro figlio, l'avrebbe compreso. Ma anche Pasquale s'era spento. Dietro il suo ordine meticoloso, con i maglioni sistemati nell'armadio seguendo la gradazione dei colori, i suoi utensili in garage, i documenti spillati nei raccoglitori. Un ordine maniacale, un attaccamento morboso a logiche oscure, ordini prestabiliti che Nora non comprendeva si erano rivelati l'unico scoglio che suo marito aveva a disposizione per resistere alla tempesta che si era scatenata all'improvviso. Alzò gli occhi per guardare l'orologio del bar. Mancava ancora un'ora e mezza. Non aveva voglia di alzarsi. Ordinò un altro caffè e decise che avrebbe aspettato l'interregionale seduta come i tre vecchi alle sue spalle.

Pasquale si voltò verso Barbara, la ragazza che lo aiutava in tabaccheria della quale aveva imparato a fidarsi ciecamente. Era preziosa, seria nel lavoro e bravissima a parlare coi clienti, l'acquisto migliore degli ultimi anni. Spesso era lei a tenere il negozio, passava con disinvoltura dalla macchina Sisal al reparto sigarette elettroniche senza perdere un colpo. Aveva trent'anni, e questo sicuramente aiutava, e Pasquale era convinto che se avesse avuto la possibilità di studiare a quest'ora come minimo avrebbe diretto una banca. Dal giorno in cui Nora aveva rivisto Dainese non riusciva più a stare al negozio. Ingabbiato per tutte quelle ore parlava a stento coi clienti, a malapena li salutava. Gli mancava l'aria, strozzato da quei pochi metri quadrati e dalle mattonelle del pavimento che aveva cambiato senza riuscire a dimenticare le vecchie con il sangue di suo figlio impossibile da lavare via. «Barbara?».

«Dica».

«Io vado, per favore chiudi tu?».

«Certo, signor Camplone, ci penso io», gli rispose col solito sorriso. Prese il giubbotto, controllò chiavi e portafogli e si avviò verso la porta. «Ci vediamo nel pomeriggio?».

«Sì».

«Grazie, Barbara».

Era stata di suo padre e adesso era sua. La conservava sotto la cerata. Aveva impiegato un sacco di tempo per rimetterla a posto. Il primo giro lo

59

aveva fatto con Corrado che aveva poco più di tre anni, solo pochi metri, suo figlio rideva aggrappato al manubrio con le sue mani paffute. Tolse il telo plastificato e sotto il neon del garage la Guzzi 500 mandò la sua fiammata rosso fuoco insieme agli argenti delle cromature, neanche fosse uscita in quel momento dalla fabbrica di Mandello. Solo il rivestimento del doppio sedile gli era costato un milione e trecentomila lire, venticinque anni prima. Il carburatore smontato era poggiato sul pianale di ferro pulito come un bisturi. Sulla rastrelliera attaccata al muro riposavano in perfetto ordine cacciaviti, brugole, chiavi inglesi in ordine decrescente. Prese il carburatore e lo osservò da vicino. L'aveva acquistato su eBay ma c'era da rivedere il getto del minimo, la valvola del gas, lo spillo conico. Pagato 200 euro quel pezzo di metallo li valeva tutti. Soffiò nel polverizzatore. Lo osservò. Le forature del tubetto forse erano tappate.

«Mi ci fai fare un giro un giorno?», la voce improvvisa lo spaventò. Era suo nipote Danilo accompagnato da Francesca, la sorella di Nora, che abitavano al secondo piano. «Buongiorno Pasquale, scusami per il disturbo».

«Ma figurati. Vieni, Danilo, vieni».

Il ragazzone entrò nel garage guardando estasiato la moto. «Mi ci fai fare un giro?». Un po' di bava scivolò dall'angolo destro della bocca.

«Eh... non si può a zio, vedi?», sollevò il carburatore. «È ferma».

«È ferma», ripeté Danilo guardando la madre.

«È ferma, Danilo, sì. Ora vieni che andiamo».

Pasquale poggiò il carburatore. «Dove stai andando?».

«Lo porto dal medico. La notte non dorme, non mangia più».

«Non mangio più», urlò Danilo. «Posso salire? Posso? Posso salire? Posso?», si stava eccitando e non era un buon segno.

«Sì che puoi, certo...». Pasquale si avvicinò al nipote e lo prese per un braccio.

«Non mi toccare!», urlò quello. «Non mi devi toccare!», e si ritirò nell'angolo del garage.

«Stai buono, Danilo, su. Vieni da mamma!».

«Voglio salire sulla moto, però io».

«E salici. Vieni!». Pasquale lo invitò spalancando le braccia. Danilo avanzò fino alla Guzzi e lento alzò la gamba destra. «Ecco, bravo, Danilo. Fai piano... piano».

Francesca guardava con apprensione suo figlio afferrare il manubrio.

«Vroooom vroooom». Con la bocca, spruzzando saliva, Danilo imitava il rumore della moto. E rideva. Stava correndo per chissà quale strada di campagna. «Vroooom».

Pasquale guardò Francesca che invece non sorrideva. Un tempo forse, quando Danilo aveva due anni e imitava il rombo di una moto sgambettando malamente sul triciclo, si divertiva. Ora il figlio ne aveva 28 e non c'era più da sorridere.

«Vroooom».

Francesca era stanca. Aveva le occhiaie e i capelli con la ricrescita.

«Vroooom».

«Nora ha visto Dainese», le disse sottovoce. Francesca sgranò gli occhi. «Dove l'ha visto? Come?».

«Vroooom. Il casco?».

«L'ha visto scendere dal treno a Roseto».

«Voglio il casco. C'è il casco?».

«No, Danilo, il casco non c'è», gli rispose Pasquale. «Se vai piano il casco non ti serve».

«Vado piano, niente casco! Vroooom».

La moto cigolava sul cavalletto sotto il peso e i movimenti del ragazzone.

«A Roseto? Abita a Roseto?».

«O forse ci lavora, forse è andato a trovare qualcuno, chissà? Però è fuori».

«Fuori?», disse Francesca guardando il pavimento. Quando riportò gli occhi sullo sguardo di Pasquale li aveva lucidi. «Come è possibile?».

«Vroooom».

«È possibile. Nicola mi ha spiegato come».

«Che schifo, Pasquale».

«Lo è».

«Vroooom. Basta, mi sono rotto il cazzo, voglio scendere. Sono arrivato!». Danilo piantò un piede per terra e con l'altra gamba scavalcò il sellino della Guzzi. Era alto 30 centimetri più di Pasquale e pesava il doppio. Da sotto il maglione a collo alto premeva un seno quasi femminile. Sorrise allo zio carezzandosi i capelli cortissimi, qui e là si vedeva il cranio nudo.

«Ti sei divertito?».

«Guarda», e si indicò i denti. «Ci sono?».

«Cosa, i denti, Danilo?».

Quello annuì.

«Sì, ci sono tutti».

«Tutti e 33?».

«Tutti e 33!», rispose Pasquale.

«No!», gridò il bambinone e guardò disperato la madre.

«Devi rispondere tutti e 33 trotterellando», suggerì Francesca.

«Ah, scusa, zio non lo sapeva. Tutti e 33 trotterellando».

Danilo batté felice le mani e se ne andò col suo passo dinoccolato.

«Ciao Francesca».

«Ciao Pasquale».

Li guardò salire in macchina e uscire dal garage.

Non era andata bene a nessuno dei due coi figli. Cos'è da preferire? Almeno te ce l'hai, lo puoi stringere, ci puoi parlare, è tuo figlio ed è vivo. «È vivo», disse ad alta voce. Poi si vergognò del pensiero che gli venne, non era la prima volta, era troppo tardi per ricacciarlo dentro.

Ma non potevi prenderti lui?

Ogni volta si pentiva, ma quel desiderio si era affacciato il giorno del funerale.

Non ricordava una parola del prete, vagamente la chiesa, che Pasquale non frequentava mai. Il colore della bara invece sì: legno chiaro, noce. E le maniglie dorate a forma di ali di angelo. Si abbracciava a Nora che non riusciva a stare in piedi, gli poggiava il capo sulla spalla, con gli occhi chiusi, li riapriva solo per strizzare via le lacrime. Tutti a stringergli la mano, condoglianze, condoglianze, condoglianze. Ne ricordava tantissime di condoglianze. E ricordava dettagli insignificanti. Don Raimondo, per esempio, sotto la veste viola portava le scarpe da trekking. Francesca che durante la lettura si era bloccata con la saliva di traverso aveva cominciato a tossire tanto che dovette abbandonare il leggìo. La bruttezza dei dipinti della chiesa, spigolosi, un Cristo con delle mani talmente lunghe e sproporzionate da farlo sembrare un polipo. Corrado invece sapeva disegnare. Alle elementari su un cartoncino aveva dipinto un presepe talmente bello che era ancora esposto nella scuola. «Corrado Camplone quarta B», l'aveva firmato. E fuori dalla chiesa due giornalisti che lo avevano bombardato di domande. «Si costituirà parte civile?».

E poi al cimitero, quando avevano deposto la bara di Corrado a terra davanti alla lapide, Danilo s'era messo a ridere tamburellando sul legno chiaro e tirato a lucido. Fu allora che gli venne in mente: Ma non potevi prenderti lui?, aveva domandato senza rivolgersi a Dio, non ci credeva, non credeva a una sola parola dei preti, da sempre. Solo che con qualcuno doveva prendersela, come trovare un senso a quella marea di dolore?

«Il dolore ha bisogno di tempo», aveva detto don Raimondo che era venuto in visita.

«Di tempo?», gli aveva risposto Pasquale. «Un figlio che muore prima dei genitori non è naturale, padre! Non mi venga a parlare del tempo!».

«Lo so, Pasquale, ma...».

«Ma che ne sa? Mi dica cosa ne sa? Ha mai avuto un figlio? È stato in paranoia nei mesi prima del parto? E dopo il parto a contare e controllare se aveva tutte le dita, il naso al posto giusto e la bocca dove doveva essere? L'ha tenuto in braccio i primi mesi quando la notte non dormiva? È stato sveglio a ogni colica? Gli ha dato la pappa per farsela sputare in faccia? Gli ha baciato i piedini mettendoli tutti in bocca? L'ha mai fatto? No, allora non mi venga a dire: *lo so*, perché lei, padre, non sa un beato cazzo di niente!». Il sacerdote pallido aveva abbassato lo sguardo. «Il dolore non se ne andrà, padre, adesso, o fra un mese, fra un anno, mai! Me lo porterò nella tomba!», ed era andato a camminare sulla spiaggia, lontano dalle ipocrisie, dalle parole di rito, dalle condoglianze obbligate, col cuore che s'era messo pericolosamente a galoppare nel petto, pentito di essersi arrabbiato col sacerdote, quel poveraccio faceva il lavoro suo e cercava di tirargli su il morale, alleviargli il dolore, sperando che parlandone e dandogli una forma diventasse affrontabile. Niente di più sbagliato. Il dolore era suo e lo doveva affrontare da solo, senza giri di parole. Niente aiuta. Ci si doveva immergere, berlo tutto, non rinunciare neanche a una goccia, tanto prima o poi quello sarebbe tornato.

L'interregionale arrivò con precisione inaspettata al binario 2. Nora si era piazzata a venti metri dall'uscita della stazione con le spalle al capolinea del 5 sicura che nessun passeggero in transito le sarebbe sfuggito. Lo sguardo concentrato, guardava con attenzione le porte di vetro e l'uscita laterale. Due donne africane, un uomo basso e con occhiali neri, due anziani con una cartella sottobraccio, un militare e tre ragazze in età da liceo. Attese ancora ma dalla stazione non uscì più nessuno.

Buco nell'acqua. Lenta tornò verso l'auto.

Forse l'ho solo immaginato. Non era lui, non era Paolo Dainese l'uomo incontrato sul treno, magari gli somigliava solo; ho trasformato in Paolo Dainese un uomo qualsiasi. Gli ho cambiato i connotati. Può essere. Le sfuggiva il motivo però, erano mesi che non pensava all'assassino di suo figlio, perché trasformare una persona qualunque in quel mostro? Sto inseguendo un fantasma? Poi le venne l'idea più ovvia che potesse esistere e si sentì ancora più stupida a non averci pensato prima.

Avrebbe scoperto subito se l'uomo in treno era Dainese o una proiezione della sua fantasia.

Pasquale aveva pranzato a casa, c'era ancora il piatto sul tavolo, resti di maionese e salsa rosa. Nora non riusciva a spiegarsi il perché suo marito non applicasse anche alla cucina, al cibo e alla tavola l'ordine maniacale che riservava a tutto il suo mondo. Non sparecchiava, non lavava i piatti e non li rimetteva a posto e quando era solo si nutriva aggredendo casualmente il frigo. Andò in salone, primo cassetto in alto del comò intarsiato. Aveva conservato tutte le carte processuali, il suo diario dove aveva annotato le sedute, le sensazioni che riceveva da quell'aula squallida e livida in cui si parlava della morte di suo figlio come un fatto acces-

sorio, quotidiano. «... il decesso di Corrado Camplone avvenuto in data...», e ancora «... decesso
avvenuto in conseguenza della rottura dell'osso pa-
rietale destro successivo alla caduta del Camplone...», parlavano di suo figlio come di un oggetto, come di un relitto abbandonato sulla spiaggia
da una mareggiata. A metà libretto trovò quello che
stava cercando. Il fratello di Dainese, Mario, di dieci anni più grande. Lo ricordava. Il viso tondo e
paffuto, la barba lunga, le mani tozze e le sopracciglia unite. Sorrise quando vide che aveva annotato l'indirizzo. «Mario Dainese, via Pasteur 125,
Trieste». Andò al computer nello studiolo e lo accese. Cominciò a navigare in rete sul sito delle pagine bianche. Inserì il nome.

«Sì?».
«Pronto, buongiorno, mi scusi se la disturbo, par-
lo con Mario Dainese?».
«Non compro nulla».
«No no, per carità, non ho niente da vendere».
Le tremavano le gambe, non era mai stata brava
a mentire. «Signor Dainese, noi non ci conoscia-
mo. Sono un'amica di Paolo».
A quel nome ci fu un breve silenzio.
«Mi chiamo Giovanna Tricarico», mentì,
«ho saputo che finalmente è di nuovo fuori e
vorrei...».

«Io con quello là non ho niente a che fare, signora», rispose brusco Mario Dainese.

«Per favore, non sa dove lo posso rintracciare? Sei anni fa mi ha lasciato una cosa a Pescara, e devo restituirgliela. Mi ha pregato di conservarla ma io non so più dove rintracciarlo».

«Allora aspetti che si faccia vivo lui. Se è importante quello si ripresenta».

«Impossibile. Io non abito più lì. Sono a Torino. È importante!».

«Senta, signora...».

«Tricarico!».

«Signora Tricarico, io non so dove sia mio fratello, e mi chiedo come faccia lei a sapere della mia esistenza».

«Me ne ha parlato lui».

Mario scoppiò a ridere. «Mio fratello? Le ha parlato di me? Lo sa da quanto non lo sento? Dal processo, da quando finì in carcere per omicidio. E mi creda, avrei fatto volentieri a meno anche di venire fin laggiù». Fece una pausa. Nora capì che l'uomo stava fumando. «Ora mi dica la verità. Cossa el pensa che mi sia mona? Chi è lei e perché lo cerca?», aveva fatto la domanda abbassando il tono.

«Gliel'ho detto, mi chiamo Giovanna Tricarico e ho una cosa importante da comunicargli».

«Quale?».

«Suo figlio», la sparò di getto, senza averci riflettuto sopra.

«Suo... figlio?».

«Sì. Matteo. Oggi ha sei anni...».

Mario bestemmiò fra i denti. «Quel mona... sempre stato un pezzo di merda da quando era piccolo. Ha portato al camposanto papà e mamma, ma lui no, non c'è mica finito... senta Giovanna, io non lo so dov'è. So solo che due mesi fa mi ha chiamato chiedendo un po' di soldi. Fosse stato per me... ma mia moglie ha insistito. Aspetti...». Poggiò il telefono. Nora sentì i passi dell'uomo, l'apertura di un cassetto, uno stropicciare di carte, ancora passi, ancora un cassetto, poi finalmente l'uomo tornò al telefono. «Ecco qua. Trecento euro gli ho spedito. Anzi li ha spediti mia moglie, come se noi navigassimo nell'oro... Le leggo l'indirizzo».

I nervi di Nora erano una corda tesa.

«Via Fausto Coppi 15 a Ripatransone». Nora lo scrisse velocemente sul retro di uno scontrino. «Scusi, lei sa dov'è?».

«Qui dice provincia di Ascoli Piceno».

«Io... la ringrazio tantissimo, Mario».

«Non si preoccupi. E qualunque sia il motivo per cui lo cerca, spero che lo trovi. Perché è chiaro che quel mona ne ha fatta un'altra. La saluto», e chiuse la telefonata.

Nora guardò l'indirizzo scritto in stampatello, strizzò il quaderno degli appunti fra le mani e chiuse gli occhi alzando la testa al cielo. Il viso si aprì in un sorriso.

L'ho trovato!

«Innanzitutto devi richiedere alla Asl un certificato di idoneità. Ma tu hai mai sparato?».

«No».

«Allora Pasqua' devi andare a un tiro a segno nazionale. Devi dimostrare che sai usare un'arma, sennò il porto d'armi non te lo danno».

Lo studio dell'avvocato Nicola Di Scioscio odorava di miele e menta, sicuramente la cera che veniva usata per lucidare i mobili scuri e pesanti con le zampe di leone eredità dello studio notarile del padre. «Ma ti pare che sei figlio di avvocati e 'ste cose non le sai?».

Pasquale allargò le braccia.

«Mi spieghi a che ti serve?».

«Hai la memoria corta, Nico'?».

«La rapina alla tabaccheria, sono passati...».

«Quasi sei anni», tagliò corto Pasquale.

«Appunto. E ora ti viene lo scrupolo?».

«Nicola, sto invecchiando, mi sento sempre meno sicuro, che ti devo dire? Ho paura!».

L'avvocato indicò gli occhiali che Pasquale portava appesi al collo. «Presbite?».

«Un paio di gradi. Da lontano ci vedo bene».

«No, perché se eri miope era ancora più dura. Mangiamo insieme?».

«Scusami ma oggi ho un appuntamento», e si alzò con lo sguardo basso. «Oggi è 29 novembre... è il compleanno di Corrado».

L'avvocato ricordò. «Ah, sì, è vero, è oggi. Scusa».

«Di niente».

«Pasquale?». Nicola lo richiamò quando stava mettendo la mano sulla maniglia. «Questa storia del porto d'armi, non c'entra niente il fatto che quello è a piede libero?».

Pasquale rise a bocca chiusa. «Ti sembro Charles Bronson?».

«No, direi di no».

«A presto, Nico'».

Anni prima Corrado aveva trasformato un intero lato del terrazzo di casa in un giardino roccioso pieno di piante grasse. C'erano aptenie, corone di cristo, agavi e crassule. Le amava e le curava ogni giorno. Nora le aveva portate tutte al cimitero e piantate sulla tomba di suo figlio. Meglio di una lapide, avevano bisogno di poche cure ed era convinta che facessero compagnia a Corrado molto più dei fiori che si sarebbero appassiti in poco tempo. «Le piante grasse sono dure a morire», ripeteva sempre Corrado con gli occhi eccitati e Nora si intristiva ogni volta che pensava che quelle piante non avevano trasmesso a suo figlio quella qualità. Lui se n'era andato in pochi minuti. Guardava la tomba, la foto, le piante grasse, le date, ma non pregava. Erano anni che non lo faceva più. Non apriva la porta ai preti per le benedizioni pasquali, il Natale non era più neanche occasione di regali, matrimoni battesimi e cresime erano parole senza senso e soprattutto non entrava più nelle chiese neanche da turista. Pasquale chino accanto alla lapide invece era impegnato a togliere le poche erbacce cresciute in mezzo a spine e foglie cicciotte delle agavi, poi avrebbe spolverato la lapide di marmo.

«Tanti auguri, Corrado», disse Pasquale con la mano poggiata sulla stele. Corrado avrebbe compiuto 29 anni. Nora si girò e si incamminò in silenzio verso l'uscita. Guardò il cielo ancora grigio che minacciava pioggia. Sapeva che non c'era un angolo o un buco in tutto il mondo dove si sarebbe potuta rifugiare. Le mancava il coraggio ma l'unico posto che sentiva suo era sotto quel giardino di piante grasse, accanto a suo figlio, perché alla vita non aveva più niente da chiedere. Sarebbe bello anche solo per un minuto, che questo dolore se ne andasse. Una pausa, non chiedo di più. Un respiro di aria pura per ricordare anche per pochi secondi com'era vivere prima, quando Corrado era accanto a lei. La lavatrice piena di jeans, boxer colorati e magliette con le scritte più strane, le scarpe sporche buttate sotto il letto, lo stereo col volume altissimo, l'acqua della doccia sempre aperta. Com'era la sua vita prima che tutto ciò che la circondava divenisse una lastra grigia e piatta e lei perdesse la prospettiva degli oggetti, delle persone e il tempo smarrisse il suo significato. Due bambini passarono di corsa ridendo e inseguendosi. Una donna li sgridò riportandoli alla serietà del luogo. «Sbaglia, signora», le disse, non seppe come ma il consiglio le era uscito spontaneo.

«Scusi?», fece quella madre giovane aggrottando le sopracciglia.

«Li faccia ridere. A loro piacerebbe sentire un po' di risate, non crede?», e indicò con lo sguardo le tombe a destra e a sinistra. La donna non rispose, prese i bimbi per mano e rapida sparì fra i colombari.

Il menu era sempre lo stesso. Pasta con le vongole, frittura mista e profiterole, i tre piatti che Corrado preferiva. Seduti l'uno di fronte all'altra, Nora giocava coi grissini. Aveva tolto i muscoli dai gusci mischiandoli alla pasta e messo le conchiglie nel piattino di servizio. Pasquale aveva toccato gli spaghetti con la forchetta scansando il prezzemolo che detestava. Del secondo aveva assaggiato un solo anello di calamaro e Nora invece un gambero. Con i tovaglioli sulle ginocchia guardavano gli altri tavoli, commensali felici e soddisfatti che ridacchiavano e bevevano vino. Il cameriere portò via i loro piatti ricolmi e appena assaggiati dicendo: «Qualche problema? Non avete gradito?», e loro risposero con un piccolo cenno del capo. Neanche il profiterole riuscì a scalfire la loro inappetenza. Nora assaggiò la panna che circondava il bignè, Pasquale neanche quella. Fuori il mare grigio era calmo, qualche spuma qui e là, una nave lontana all'orizzonte sembrava ferma. Nel ristorante la gente parlava ad alta voce, i cellulari squillavano, tre bambini si inseguivano per la sala, due amiche mangiavano i crostacei con le mani e i camerieri con le giacche bianche volavano tra i tavoli come libellule. «Un amaro? Caffè?». All'amaro Pasquale non rinunciò, Nora preferì il caffè. Non si erano rivolti parola, neanche quando Pasquale le aveva versato un bicchiere d'acqua. La bottiglia piena per tre quarti era rimasta poggiata sul tavolo insieme al vino aperto e neanche annusato. Finito il liquore Pasquale si alzò per andare a pagare. Nora restò seduta a togliere le molliche dei grissini sparse sulla tavola. Ne aveva sgretolati quattro, una busta intera, senza accorgersene.

Però sul profiterole ti mettevamo le candeline. E ridevano perché non c'entravano. «Bisogna che ti decida a ordinare un dolce più grande», gli diceva ma Corrado era fissato con quello. Sole detestava il profiterole ma non lo faceva vedere. Lo mangiava senza gusto, per far piacere a Corrado che invece era capace di spazzarne tre porzioni. E proprio in quel momento la ragazza passò davanti al ristorante sottobraccio a un ragazzo biondino, chiusi nei loro giubbotti. Chiacchieravano, ridevano e fumavano una sigaretta. Ti prego non girarti, si disse. Non oggi, Sole, non il giorno del compleanno di Corrado. Invece i due ragazzi entrarono nel ristorante, rossi in viso per l'aria fredda, e si rivolsero a un cameriere. Nora, al tavolo vicino alla finestra, abbassò lo sguardo. Si andarono a sedere, si tolsero i giubbotti che poggiarono sulle spalliere delle sedie. Il ragazzo si sfregava le mani, Sole aveva cambiato taglio, le donava. Dov'era Pasquale? Per tornare al tavolo doveva attraversare la sala e l'avrebbero visto. Nora si alzò dando le spalle alla coppia, prese il cappotto e anche la giacca a vento di suo marito per andargli incontro e uscire senza essere vista. Attraversò il ristorante cercando di nascondersi dietro uno dei camerieri. Poi vide Pasquale, gli consegnò il giubbotto e si infilò il suo trench. Sapeva di non doversi voltare verso la sala, come Orfeo che doveva riportare sulla terra l'amata dall'inferno senza guardarla in viso. E commise lo stesso errore. Sole la stava osservando e nei suoi occhi lei lesse la solita pietà di cui non aveva più bisogno. La ragazza non sapeva che fare. Scambiò una parola rapida col fidanzato e si alzò dal tavolo per andare incontro a Nora e Pasquale. «Nora...», disse con un filo di voce. «Pasquale...».

«Ciao Sole», disse il marito e le strinse la mano.

«Almeno oggi potevi scegliere un altro ristorante, non credi?», fece Nora sputandole addosso veleno e rancore. «Magari neanche ti ricordi che giorno è oggi».

«Per favore Nora», Pasquale le toccò il braccio. Sole abbassò gli occhi.

«Buon appetito», le disse e uscì dal locale seguita dal marito.

«Che ti prende?».

«Niente, Pasquale. Andiamo a casa, per favore».

«Che colpa ha? Dimmi che colpa ha!». Lei non rispondeva, Pasquale la raggiunse. «Ha diritto alla sua vita! Che dovrebbe fare? Chiudersi in casa? Farsi bruciare su una pira?».

«Falla finita, Pasquale!».

«Non ha nessuna colpa, Nora, è viva. È questo che le rimproveri?».

Nora camminava a passo svelto con lo sguardo sul marciapiede.

«Se fosse successo il contrario Corrado che avrebbe dovuto fare? No, sentiamo, sono curioso».

«Non capisci?», gridò in faccia al marito. «Non lo puoi capire? Tutti, io odio tutti, tutti quelli che si muovono, che respirano, che ridono, che bevono e mangiano, quelli che vanno a letto e dormono, che guardano un film. Tutti! Ho torto? Ho torto marcio, Pasqua', ma la sai la novità? Non ci posso fare niente, è più forte di me». Gli occhi umidi di pianto e la voce sgraziata, rotta, quasi in falsetto, continuò: «Vuoi sapere se invidio Sole? Sì, la invidio, invidio lei, sua madre, suo padre, i suoi fratelli e tutti i parenti. Invidio i suoi capelli, il rosso sulle guance, odio il suo sorriso, la sua vita, il suo fidanzatino, i suoi occhi, odio anche quelli. La odio!», e gli camminò davanti per tutto il tragitto fino a casa.

In auto avrebbe impiegato un'ora e mezza. Autostrada fino a Grottammare e poi la provinciale. Seguendo le istruzioni del navigatore non poteva sbagliare. Andava piano nella corsia di destra senza superare i 100 chilometri orari con le mani strette intorno al volante. Non aveva dormito ma non era stanca. Tonnellate di adrenalina in circolo non la facevano pensare ad altro, a quel breve viaggio fino a via Fausto Coppi numero 15. Voleva arrivare però tranquilla e distesa. Si fermò a un autogrill. Dietro la cassa guardò i pacchetti di sigarette colorati. Lei aveva smesso trent'anni prima, quando aveva scoperto d'essere incinta. Le comprò d'impulso insieme all'accendino, poi prese un caffè. Fuori aprì il pacchetto e si infilò una sigaretta in bocca. Assaggiò il filtro con la punta della lingua. L'accese. Il fumo dolciastro colpì le narici e le venne da starnutire. Aspirò e cercò di mandare giù. Tre colpi di tosse, le lacrime agli occhi, gettò a terra il mozzicone senza pensarci due volte. Abbandonò il pacchetto vicino al portacenere e tornò in auto.

Il paese era in collina. Salendo sulla statale osservava i campi illuminati da uno straccio di sole.

«All'incrocio prendere la prima a destra», ordinò la voce femminile del navigatore che indicava solo sei minuti di strada all'arrivo. Più si avvicinava più il cuore aumentava i battiti. Il piede sulla frizione tremava come fosse preda di crampi.

«Girare a sinistra in via Gino Bartali».

Obbedì. Costruzioni basse soffocate dagli alberi.

«La prossima prendere la prima a destra, la destinazione si trova sulla sinistra».

Mise la freccia e svoltò in via Fausto Coppi. Una via residenziale in salita senza uscita. Non c'erano negozi, solo case e garage. Il numero 15 era quasi alla fine della strada, un bel villino con più appartamenti. Nora parcheggiò l'auto. L'aria fresca le accarezzò il viso. Sul citofono c'erano quattro cognomi, nessun Dainese. Sperava in un portiere, qualcuno a cui poter chiedere. Si allontanò di due passi per osservare l'edificio. Su un balconcino c'erano dei panni ad asciugare, piante sugli altri due e una bicicletta nuova di zecca sul quarto. Guardò i cognomi, poi scelse un interno a caso e suonò. Attese. Suonò ancora. Provò con un secondo appartamento. Stavolta rispose una voce di donna. «Chi è? Renato?», chiese.

«No, signora, stavo cercando Dainese. Non abita qui?».

«Chi?».

«Dainese. Paolo Dainese?».

«No... chi è? Aspetti che mi affaccio», e attaccò la cornetta. Nora si staccò dal cancello. Poi vide un movimento al primo piano, una tenda scostata. Apparve una donna anziana che aprì la finestra e uscì in balcone. Aveva una settantina d'anni, indossava un grembiule a fiori sopra un maglione a collo alto. Si avvicinò alla balaustra. «Io 'sto Dainese non so chi sia. Ma è sicura che abiti qui?».

«Via Fausto Coppi 15», fece Nora. «Cioè, abitava qui. È un uomo sui 35 anni, bruno, alto più o meno così», e alzò la mano una trentina di centimetri sopra la sua testa.

«No. Qui non c'è».

Dalla casa uscì un'altra donna. Questa sui quarant'anni, in carne e sorridente. «Che c'è, mamma?».

«La signora cerca un certo Paolo Dainese», le disse.

«Sì, mi scusi, mi chiamo Nora Camplone. Io avevo questo indirizzo di Paolo Dainese e...».

«No, non è qui, era al 15A. Che è accanto, ma non c'è più. È stato qui pochi mesi», rispose la donna più giovane. Aveva una rigidità alle spalle e alla testa, sembrava portasse il collarino ortopedico.

«Ah... e non abita più qui».

«No. È venuto qualche giorno fa a prendersi qualcosa e poi se n'è andato».

«Lei sa dove abita adesso?».

«Salga», le disse, «le faccio un caffè. Non posso stare troppo fuori». Si indicò il collo e seguita dalla madre rientrò.

La casa era pulita come un presidio chirurgico e il marmetto dei pavimenti riluceva. La fecero accomodare in un salone dominato da un televisore di una cinquantina di pollici. I divani grigi sembravano poco usati. Dal vetro di una credenza si affacciavano piatti e bicchieri. La madre andò subito in cucina a preparare il caffè, la donna invece si sedette davanti a Nora senza muovere le spalle. «Mi scusi se l'ho fatta entrare ma ho una protrusione che mi fa vedere le stelle. Non riesco a muovere il collo e le spalle».

«Sta facendo terapia?».

«Ogni giorno. Ma non cambia niente. Paolo Dainese...», e si morse le labbra. «Lei lo conosce bene?».

«Lo conosco sì».

Le guance della donna presero colore. «Non è una brava persona».

«Lo so».

Abbassò la voce. «È stato dentro. Rapina e omicidio».

«So anche questo».

La donna fu colta da un dubbio improvviso. «Ma lei è una parente?».

«Per carità», rispose Nora. «No, ho solo un'incombenza da parte del fratello di Paolo. Devo consegnargli un pacchetto, un ricordo di famiglia».

«Neanche sapevo che avesse una famiglia. Voglio dire, uno così...».

Entrò la madre, che sorreggeva una guantiera con due tazzine sopra. «Con la macchinetta ci si mette un attimo. Comoda, no?». Allungò il caffè a Nora. «Zucchero?».

«No, grazie».

La madre si sedette. «Questo è per te, Gigliola», e porse la tazzina alla figlia che la prese allungando lenta un braccio.

«Mi passi lo zucchero, mamma?».

«No», rispose la donna e poi si rivolse a Nora: «Il medico gliel'ha proibito. Niente zuccheri pasta e pane per tre mesi».

Gigliola alzò gli occhi al cielo e sorrise. «Già, sono un po' fuori forma», disse portando la tazzina alle labbra.

Il caffè era buono e cremoso. Nora lo finì con un sorso. «Ma lei sa dirmi dove abita?».

«A Roseto, qualche chilometro da qui verso Pescara».

«Non ce l'ha l'indirizzo?».

«Di casa no. Ma so che la compagna ha un salone di parrucchiera. Si chiama Hair Port».

«Hair Port?».

«Sì. Un gioco di parole. Hair Port per dire airport, cioè aeroporto».

«L'avevo capito».

«Ah. Può andare lì e dare il pacchetto alla donna. Si chiama Donata».

«Donata?».

«Sì. È venuta qui qualche volta, per questo la conosco. Simpatica. Si colora i capelli come una pazza però mi sa che è una brava persona. Che ci avrà trovato in quello?».

«Chissà...».

«È lei che ha pulito tutto. Il 15A è un monolocale al piano terra, quando il tizio se n'è andato Donata è venuta, straccio e scope, e l'ha rassettato. Ha portato fuori non si sa quanti sacchi di spazzatura».

«Eh, gli uomini sono disordinati», disse Nora che con la testa era già in auto diretta a Roseto.

«Disordinati? Quello era un mezzo maiale secondo me. Se dovesse tornare ancora gli dico che lei lo cerca?».

«No», si affrettò a rispondere Nora. «Anzi mi faccia la cortesia, non gli dica che lo sto cercando».

Gigliola si insospettì. «Perché?».

«La verità? Il pacchetto non lo manda il fratello ma la madre. Se il fratello sa che ho portato il pacchetto a Paolo posso passare i guai», aveva improvvisato, ma Gigliola sembrava convinta. «Che storia... eh, mamma?», la vecchia annuì. «Bene, allora come si dice? Muta come un pesce!», e mimò la chiusura della bocca come se sopra avesse cucita una zip.

Stava servendo a un cliente due pacchetti di Marlboro quando lo vide attraverso la vetrina, fra le pipe in esposizione. Aveva messo una mano a schermo sul vetro per guardare all'interno. Pasquale si diresse alla ricevitoria per occuparsi di donna Luisa e i suoi numeri che non uscivano mai. «12, 88 e 74... il sogno era chiaro», fece l'anziana.

«Barbara?».

«Mi dica, signor Camplone».

«Esco un attimo, pensaci tu a donna Luisa».

«Ma certo».

Umberto era fuori che l'aspettava. «Vieni, facciamoci due passi», gli disse avviandosi verso la spiaggia. Pasquale lo seguì senza dire niente. Lasciarono la piazza, solo quando arrivarono sul lungomare Umberto cominciò: «Ci ho pensato...

e forse hai ragione. Cioè, chi cazzo sono io per giudicare?».

Pasquale non rispose. Guardava il mare grigio come una lastra di piombo.

«E qualcosa posso fare per te». Umberto si accese una sigaretta. «Ma a due condizioni: la prima, tu questa cosa non me l'hai mai detta, tienimi fuori».

«La seconda?».

«La butti dopo che l'hai usata. Te ne vai sul ponte dell'asse attrezzato e la getti in acqua, nel porto. Chiaro?».

«Chiaro».

«Io te la posso rimediare in fretta. Ma costa».

«Quanto?».

«Duemila e cinquecento».

Pasquale annuì.

«Con una trentina di proiettili», fece un tiro alla sigaretta.

«È pesante?».

«Ti sto procurando un revolver. Olmi, una calibro .38 leggera, canna da due pollici e mezzo. Per te va bene».

«Sì?».

«Mo' però stammi a senti'... Tu prova a usarla almeno una volta prima. C'è ancora la casa di campagna di tuo padre?».

«Ormai è un rudere».

«Vai lì e prova a sparare. Non l'hai mai fatto, non sai manco che rumore fa. Vedi se la reggi, se il rinculo ti frega. È leggera, te l'ho detto, è facile. Solo che devi essere abbastanza vicino al bersaglio, non è arma da distanza».

Pasquale annuì. Umberto buttò la sigaretta. «Questo vuol dire che lo devi guardare negli occhi».

Pasquale non rispose.

«... e sparare. Hai capito?».

«Sì», disse con la voce flebile che si perse nel rumore della risacca. Sul bagnasciuga un gabbiano passò radente all'acqua gridando un paio di volte.

«Allora va bene così. Quando hai i soldi me li porti», e lo lasciò lì a prendere il vento in faccia.

Non sapeva se sarebbe stato in grado di premere il grilletto. Avrebbe pensato a Corrado, alla sua vita annientata, sarebbe bastato? A parte qualche pesce d'estate, Pasquale non aveva mai tolto la vita a un essere vivente. Stava cominciando seriamente a pensare di non cibarsi più di carne dal momento che man mano che invecchiava vedeva nel piatto sempre più un cadavere che un pasto. Qualcuno aveva scritto che uccidere un essere umano voleva dire uccidere anche se stessi.

Vale anche per le persone già morte?

Doveva prendere familiarità con l'oggetto prima e con l'idea poi. L'idea di uccidere. Perché Paolo

Dainese lo voleva morto come suo figlio. Anche di più, se possibile.

C'era già passata davanti a quel negozio di parrucchiere, il primo giorno. L'insegna «Hair Port di Bastianelli Donata» campeggiava sulla porta d'ingresso. Prese un respiro ed entrò.

Dentro c'era un caldo umido. Una ragazza con la coda di cavallo sollevò gli occhi dal banco e la guardò, l'altra invece stava asciugando i capelli a una cliente. La ragazza con la coda di cavallo le si avvicinò con un sorriso. «Buongiorno, prego...».

Sulla maglietta a V nera con il logo dorato della Hair Port aveva ricamato il suo nome, Silvana. «Buongiorno», rispose Nora e lanciò un'occhiata all'altra parrucchiera che parlottava con la cliente sorridendo e muovendole la chioma con la mano destra, con la sinistra reggeva il fon. Aveva i capelli colorati di viola.

«Volevo per favore uno shampoo e una messa in piega».

Silvana le osservò i capelli. «Va bene. Vuole rifare anche la tinta?».

Nora si guardò allo specchio. Era visibile un po' di ricrescita. «Sì, certo, perché no?».

Silvana si girò verso la collega e aspettò ordini. Quella si voltò e sorrise a Nora. «Intanto signora si accomodi e arrivo subito, tanto qui ho quasi finito. Gradisce un caffè?».

«No grazie». Nora andò a sedersi su una poltroncina all'angolo opposto del negozio. Su un tavolino le solite riviste che non aveva voglia di leggere. Fissava Donata Bastianelli mentre lavorava sulla cliente. Sorrideva tranquilla. Avrebbe voluto prepararsi un discorso ma poi aveva deciso che voleva solo osservare la donna dell'assassino di suo figlio e soprattutto non perdere il vantaggio che aveva. Finalmente la cliente si alzò specchiandosi e aggiustando la chioma con due colpetti. Andò alla cassa dove Silvana l'aspettava. Donata invece invitò Nora a raggiungerla.

«Allora, colore mi diceva».

Nora ora poteva guardarla da vicino. Aveva la pelle un po' butterata sugli zigomi, gli occhi scuri erano tristi. Il naso a patata e le lentiggini le conferivano un aspetto simpatico. Le ciocche e la frangetta viola volevano essere un tocco moderno. Carina? Mica tanto. Buffa, ecco tutto. Sembrava il personaggio di un cartone animato.

«Sì».

«Prego», la fece accomodare davanti a uno specchio mentre l'altra cliente salutando uscì. Donata osservò con aria professionale la chioma di Nora. «Silvana, mi prepari il t 26 per piacere?». La ragazza sparì dietro una porta mentre Donata la avvolse con una mantiglia nera che legò intorno al collo. Nora osservava tutto dallo specchio. «Ha dei bellissimi capelli», e le sembrò che Donata volesse aggiungere «nonostante l'età».

«Grazie... lei è tanto che fa questo mestiere?».

«Ho aperto tre anni fa».

E quando l'hai conosciuto?

«Prima lavoravo in un salone a Pescara. A piazza Salotto. Conosce?».

«Sì. Mio marito è di Pescara».

«Anche lei?».

«No, io sono di Roma», mentì, poi volle azzardare per vedere la reazione. «Mio marito ha una tabaccheria a Roma», ma negli occhi della ragazza non passò alcuna emozione.

«Io invece sono di qui», disse facendo spallucce come se fosse una mezza sfortuna essere nata a Roseto.

Dalla porta uscì Silvana sbattendo una pappetta in una ciotola nera. Donata aveva cominciato a pettinarle i capelli e a chiudere intere ciocche con la carta argentata.

«Vive qui a Roseto?».

«No. Sono di passaggio per lavoro», rispose Nora a bassa voce.

«Io sfumerei il suo biondo cenere e se vuole potremmo fare uno shatush... decoloriamo le punte e...».

«Per carità no. Si occupi della ricrescita».

«Benissimo». Si tolse gli anelli d'argento e li poggiò sulla mensola. Uno decorato con delle rune, un altro con una strisciolina color giada al centro, il più curioso lo portava all'anulare, sembrava una scala a chiocciola che si arrampicava lungo il dito. Nessuno di quei monili era una fede, a meno che Donata non fosse una adepta di Satana e facesse i convegni al chiaro di luna. Poi si infilò un guanto di plastica leggera. Nora fingeva di guardarsi allo specchio, in realtà non perdeva un movimento della parrucchiera. Concentrata nel lavoro teneva la lingua un po' fuori dalle labbra e gli occhi sulle ciocche di capelli. Spalmava la crema bianca con molta attenzione, pignola, sembrava stesse restaurando un dipinto. Indossava un guanto solo alla mano destra. Sulla mano sinistra si potevano vedere le unghie smaltate di viola, forse per richiamare i capelli. Era una fumatrice, l'interno dell'indice era un po' ingiallito. Sull'avambraccio spuntavano dei peli soffici e neri. Intorno al collo non aveva una collana come le era parso all'inizio, ma un tatuaggio. Donata si accorse di essere osservata e incrociò lo sguardo di Nora. Le sorrise. Nora ricambiò. La radio trasmetteva una vecchia canzone degli anni '60. Donata sorrise ancora, poi ruppe quel silenzio che, era evidente, la imbarazzava.

«Quindi è qui di passaggio?».

«Sì. Forse. Dipende».

«Ah...».

Non voleva aiutarla partecipando alla conversazione. Lei era lì per osservare la donna di Paolo Dainese, altro per ora non le serviva.

«Io mi trovo bene qui a Roseto. Una vita tranquilla, l'estate poi si riempie di gente e non le nascondo che anche gli affari vanno meglio. Infatti le ferie le prendo a settembre».

«Ah...».

«Vado una settimana in Calabria. C'è mai stata?».

«No...».

«A Tropea. L'anno scorso mi sono innamorata di Tropea», le squillò il telefono. «Mi scusi...». Lo tirò fuori dalla tasca. «Paolo, amore, ti posso richiamare? Sì, fra poco».

Amore?

Stava parlando con lui.

Amore...

Mandò giù un grumo di saliva, poi si guardò allo specchio con la testa piena di carta argentata e ciocche bianche di capelli pettinate all'indietro.

Amore.

«Mi scusi, dovrei imparare a staccarlo mentre lavoro, ma come si fa? Ormai siamo tutti schiavi del telefono...».

Non l'ascoltava più. Le osservava le labbra colorate con un filo di rossetto. Stamattina hai baciato quell'uomo prima di uscire di casa? L'hai baciato ieri sera? Dormi abbracciata a lui? Tocchi quelle spalle piccole e lisce come la pelle di un serpente? Gli passi le dita in mezzo ai peli del petto bianco cadavere? O gli accarezzi i capelli? Come stai facendo adesso con i miei?

«Si metta il guanto anche all'altra mano», disse all'improvviso.

«Come?».

«Le ho chiesto di mettersi il guanto anche all'altra mano, per favore».

Donata la guardò senza capire. «Ma io non riesco a...».

«Mi scusi, ma non sopporto che mi si tocchino i capelli senza guanti».

«Prima però...».

«La prego, si metta il guanto anche all'altra mano».

Donata si voltò verso la collega che aveva sgranato gli occhi. Silvana era arrossita ma non disse niente, riprese a controllare il cellulare. Donata aprì un cassetto, prelevò un guanto e con uno schiocco lo infilò alla mano sinistra. «Va bene così?», fece in tono un po' polemico.

«La ringrazio», rispose glaciale Nora.

La tintura andò avanti nel mutismo più assoluto.

«Ecco, ora lasciamo asciugare...», e Donata si allontanò prendendo il cellulare. «Esco un attimo», disse a Silvana. Nora la osservò attraverso lo specchio andare in strada, accendersi una sigaretta e richiamare Paolo. Parlava e sorrideva, ogni tanto aspirava una boccata di fumo, salutò con la mano una macchina che passava in strada.

Per fortuna due amiche sulla quarantina entrarono nel negozio e riportarono chiacchiere e risate. Silvana si occupò del lavaggio di una di loro, l'altra sfogliava una rivista e parlava di scarpe. Donata rientrò salutando le due nuove venute. «Cento a testa, ti rendi conto? Neanche a un ristorante stellato!».

«Boh, e che ne so? Per me le macchine sono tutte uguali».

«Lascia perdere, ce lo vedi mio marito a fare la spesa? Devo andare a *Chi l'ha visto?* per recuperarlo!».

Le arrivavano frammenti di discorso. Aveva prurito alla testa ma non poteva grattarsi. Forse quella si stava vendicando lasciandole la tintura più del necessario. Donata abbandonò le amiche e col cellulare in mano sparì dietro la porta vicino alla cassa. Quando tornò in sala il cellulare non l'aveva più. Raggiungendo Nora cancellò il sorriso dal volto. «Vediamo come andiamo», disse e controllò l'orologio appeso in alto sopra gli specchi. «Ci siamo quasi».

«Posso andare in bagno?», chiese Nora.

«Certo, di là, ha visto? Da dove sono uscita io...».

Nora si alzò dalla sedia, scostò la tenda e si ritrovò in un disimpegno sul quale si apriva la porta del bagno. Sul muro di fronte invece una piccola libreria con le tinte per capelli e sotto una macchinetta per fare il caffè. Sull'attaccapanni c'erano appese due giacche a vento e un cappotto. Aprì uno spiraglio per spiare il salone, Donata stava chiacchierando a bassa voce con le due nuove venute e Silvana. Indicando il bagno si toccò la tempia con l'indice.

Sono matta, sì. Aveva poco tempo. Controllò le tasche delle giacche a vento. Vuote. Poi il cappotto. Nella tasca interna c'era il cellulare di Donata. Veloce l'accese. Spiò di nuovo attraverso lo spiraglio. Donata stava ancora chiacchierando con le nuove venute. Non c'era più Silvana. Nora aprì il registro. L'ultima chiamata effettuata da Donata era proprio per Paolo. Lesse il numero. 347... 56 71... Si trattava di mandarlo a memoria. Ancora un'occhiata allo spiraglio. Silvana era a due metri da lei, diretta verso la porta. Veloce Nora rimise a posto il cellulare e si infilò nel bagno. Fece appena in tempo a chiudere la porta quando sentì la voce della ragazza. «Donata, preparo un S 17?».

«Sì».

Con l'orecchio sul legno percepì i rumori della parrucchiera che armeggiava con tubetti e ciotole. Canticchiava a bocca chiusa. Ripassò il numero. 347 56 7... Le ultime quattro cifre non le ricordava. Attese ma la ragazza era sempre nel piccolo disimpegno a lavorare con tinte e colori.

347 56 7 e poi?, si chiese. Chiuse gli occhi ma non le venivano proprio in mente. Finalmente Silvana riaprì la porta e lasciò il disimpegno. Lenta Nora socchiuse la sua, la via era libera. Riprese in mano il cellulare di Donata. L'aveva lasciato aperto sul registro. Le ultime quattro cifre le mandò facilmente a memoria, erano l'anno di nascita di sua madre. 347 567 e l'anno di nascita. Tornò nel salone e si precipitò a prendere la borsa. Tirò fuori una penna e dietro uno scontrino segnò il numero di Paolo Dainese. Cosa ci avrebbe fatto non lo sapeva, tanto ormai l'aveva rintracciato. «Bene, togliamo?», le disse Donata.

Alla fine Nora fu contenta del lavoro. La tintura era riuscita bene, il prezzo non eccessivo e si complimentò con Donata che però non le regalò più un sorriso. Incassò i soldi dandole in cambio la ricevuta e corse a tagliare i capelli alla nuova cliente. Nora uscì dal negozio tirando un sospiro di sollievo.

Mangiavano in silenzio il minestrone. Pasquale

con lo sguardo fisso nel piatto. Poi all'improvviso disse: «Domani puoi stare al negozio?».

«No», gli rispose.

«Ho da fare».

«Allora chiudi», gli disse.

Il marito si mise un pezzo di pane in bocca e cominciò a masticarlo. «Sei stata dal parrucchiere?».

«Sì».

«Dove devi andare domani?».

Ma Nora non rispose.

«Lo vai a cercare, di' la verità».

«Per favore, Pasquale, non chiedere. Tu invece cos'hai da fare?».

«Commercialista. Almeno la mattina?».

Nora gli concesse il favore annuendo appena. «Ti va del formaggio?».

«Non ho fame, grazie», e si alzò poggiando il tovagliolo sul tavolo. «Durerà molto?», le chiese. Nora alzò lo sguardo. «Cosa?».

«Questa situazione. Perché non mi dici quello che fai?».

«Perché non me lo dici tu?».

«Io non ho niente da nascondere». Pasquale si mise le mani in tasca. «Ti va di vedere un film?».

«Sono stanca, vado a dormire», e si alzò da tavola.

«Nora, non ti allontanare, non restare sola per

favore», le disse il marito con gli occhi lucidi. Lei si voltò e andò in camera da letto.

Rimase lì, sotto le coperte, a guardare il numero di Paolo Dainese segnato sullo scontrino. Poi prese il cellulare che aveva poggiato sul comodino. Cercò su internet come fare una chiamata anonima. Era piuttosto semplice. Bastava digitare #31# prima del numero. Compose i quattro simboli, poi di getto il numero e inoltrò la chiamata. Quando sentì il segnale di libero un brivido le corse lungo la schiena. Attese tre squilli.

«Pronto?».

Era la voce di Paolo Dainese. Le sembrò di non avere più il cuore nel petto.

«Pronto, chi è?».

Acuta e incrinata, puntuta.

«Si può sapere chi è?».

Buia, atonale, senz'anima, aveva riempito la stanza di un'aria vischiosa.

«Vaffanculo!».

Si poggiò il telefono in grembo e chiuse gli occhi. Aveva catturato la voce dell'assassino di Corrado. Pensò che sarebbe stato bello se in quella scatoletta ci avesse intrappolato anche il corpo. L'avrebbe potuto schiacciare sotto i piedi e cancellarlo per sempre dal mondo. Si passò la mano sulla fronte che si era riempita di sudore.

Cos'è una voce? Nulla, un suono che entra nel cervello attraverso l'orecchio. Si dimentica facilmente, basta un po' di tempo e la memoria la cancella. Ma la voce di Paolo Dainese, affilata come una spina, Nora l'avrebbe ricordata a lungo insieme a quella di suo figlio che invece era calda e un po' rauca e sembrava nascondere sempre un sorriso. Pasquale entrò in camera da letto e cominciò a spogliarsi. «Non c'è niente in TV». Piegò con cura il maglione e lo poggiò sulla sedia. «Che hai?».

«Volevo dormire ma non ce la faccio». Guardò il marito andare in bagno. Lo sentì lavarsi i denti. Prima lo spazzolino elettrico, poi il filo interdentale, poi di nuovo lo spazzolino. Dieci minuti dopo aprì la porta mentre lo sciacquone scaricava acqua nel water. Si tolse la camicia e la sistemò sull'uomo morto, lo stesso fece coi pantaloni. I calzini li appallottolò e andò a metterli nel cesto dei panni sporchi in bagno. Aveva le gambe secche e bianche, prive di peli. Sotto il cuscino teneva piegati i pantaloni del pigiama a scacchi e una maglietta a maniche lunghe. A Nora piaceva osservare suo marito e le sue operazioni pignole e ordinate. Dal primo giorno di matrimonio pensava che ci fosse un che di artistico oltre che di patologico nella cura che suo marito aveva per gli oggetti e per l'ordine. Non aveva conosciuto nessuno così preciso e disciplinato a parte suo padre, che era un generale di corpo d'armata. Costringeva moglie e figlie a un rigore da caserma. Quando gli controllava i compiti guardava solo all'ordine dei quaderni e dell'astuccio delle penne. Era del '23 e aveva fatto la guerra in Egitto come sottotenente. Mai una volta aveva raccontato quell'orrore, né si era lamentato del suo destino. «Sono tornato vivo, questo basta e avanza», diceva. Non sopportava l'indolenza e la sciatteria, avrebbe voluto l'intero mondo a imitazione di una caserma. Quando se n'era andato, ormai dieci anni prima, lo aveva fatto in silenzio, nel suo letto, con il pigiama pulito e le mani incrociate sul petto, sembrava il bassorilievo funebre di un antico cavaliere medioevale. Aveva lasciato tutto scritto, tutto preordinato, istruzioni da seguire alla lettera. Quando due anni dopo morì anche la madre e riaprirono la tomba nella cappella per metterla accanto al marito, nel loculo non c'era una ragnatela né traccia di polvere. Era tutto pulito e bianco come fosse stato ridipinto da poco, nella bara immacolata Nora immaginò suo padre ancora in divisa, le medaglie sul petto e un'espressione seria e distante sul volto. L'unico che lo faceva ridere era Charlie Chaplin. Poteva rivedere cento volte lo stesso cortometraggio per sbellicarsi esattamente negli stessi punti. Suo padre aveva accolto Pasquale a braccia aperte. Gli piaceva quel ragazzo serio e puntuale, silenzioso, con pochi grilli per la testa. «I sogni sono per i bimbi e i falliti», diceva sempre. «Intenzioni progetti e lavoro, questa è la vita, Nora!». Si era molto rammaricato quando Pasquale aveva mollato gli studi giurisprudenziali per aprire una tabaccheria, forse più del consuocero, l'avvocato Camplone, ma non l'aveva mai detto né si era lamentato. La vita gli aveva risparmiato la morte del nipote. Chissà come avrebbe reagito? In silenzio, sguardo fiero, tenere dentro il dolore. Ma oggi no. Oggi sarebbe andato da Paolo Dainese e l'avrebbe ucciso con tre colpi della pistola d'ordinanza.

«Domattina vado io in negozio, Pasquale».

«Sei sicura?».

«Sicura. Ti senti bene?».

«Perché me lo chiedi?».

«Lo voglio sapere».

Pasquale respirò profondo, si tolse gli occhiali e posò un libro di Wilkie Collins sul comodino. «No, non mi sento bene. Spesso mi gira la testa, magari è la cervicale. E sono arrabbiato, Nora, arrabbiato nero, ma non so che fare. Mi sento solo e so che non dovrei dirlo ma raramente ho desiderato la morte di qualcuno come quella di Dainese. Non servirebbe a niente, ma io così non ci so stare».

Nora allungò una mano e gli carezzò il viso. «Io ti amo sempre, lo sai?».

«Anche io. Ricordi la casa di zia Adelina all'Aquila? Ti ricordi com'era dopo il terremoto?».

«Sì».

Alzò leggermente le spalle, poi si voltò e spense la luce. Nora lo imitò e restarono al buio. Poi Pasquale disse: «Ti ricordi un vecchio film, forse con Spencer Tracy, che faceva l'avvocato? Insomma, a un certo punto lui fa l'arringa in tribunale e guarda i giurati. Disegna col gesso sul bancone un pulsante e dice una cosa tipo: Premete questo pulsante e questa persona morirà. Lo ricordi?».

«Vagamente».

«Nessuno dei giurati ha il coraggio di premere quel pulsante. E lui conclude dicendo: Non siete dunque sicuri della colpevolezza di questa persona altrimenti l'avreste premuto, quindi assolvetela. Non è proprio così il dialogo del film ma, insomma, il concetto è quello. Mio padre mi fece vedere quel film. E ripeteva sempre: Al di là di ogni ragionevole dubbio, Pasqua', al di là di ogni ragionevole dubbio. È facile delegare, Nora, ma quando sei chiamato a giudicare devi essere sicuro al cento per cento prima di compiere un'azione. Questo fa la differenza fra quelli come me e gente come Dainese».

Nora rifletteva su quelle parole. Poi Pasquale riprese: «Finché stava in galera andava bene. Cioè no, andava male lo stesso, ma stava pagando la sua colpa. Ora invece è in mezzo a noi, Nora, in questo letto, alla nostra tavola, è ancora in tabaccheria, sulla spiaggia, in piazza, ovunque. Mi perseguita. Vedi che avevo ragione a lasciar perdere Giurisprudenza? Mi dici che cazzo di giustizia è questa?», poi la schiena di suo marito cominciò a tremare e fu sopraffatto dalle convulsioni e dal pianto. Nora lo abbracciò e lui la lasciò fare. «Shhh», gli diceva, «calmati Pasquale, shhh...», lo stringeva con tutta la forza per fare uscire quel dolore come fosse un veleno da espellere. Quando i singhiozzi si calmarono Pasquale si asciugò gli occhi con un lembo del lenzuolo. «Non sono mai stato a favore della pena di morte. Ma della pena sì».

«Quindi tu il pulsante lo premeresti?».

«L'avevo già premuto sei anni fa».

Non lo sapeva, ma suo marito le aveva appena regalato l'idea.

Lasciò un bigliettino a Pasquale e partì nel primo pomeriggio. In un thermos aveva messo del caffè e in una sacca due panini e una bottiglia d'acqua. Arrivò a Roseto alle tre. Lasciò la macchina a trecento metri da Hair Port di Bastianelli Donata. La panchina l'aveva notata il giorno prima, era perfetta. Nascosta fra due alberi a neanche cinquanta metri dal negozio con un angolo di incidenza abbastanza aperto rispetto all'entrata da renderla invisibile dall'interno della parruccheria mentre lei aveva la vista perfetta sulla strada e sulla vetrina. Aveva portato un libro e il giornale. Si accomodò col thermos a lato e attese.

Qualche cliente che entrava per poi uscire coi capelli vaporosi e pettinati. Un ragazzo sui vent'anni, forse il fidanzato di Silvana, con un pacchetto. Una mamma con una bimba. Poi il sole se ne andò e la temperatura si abbassò di qualche grado. La strada era ben illuminata dai lampioni e la vetrina del negozio spandeva sul marciapiede un alone bianco-azzurro che si mischiava a quello roseo dell'insegna. Ogni tanto Nora si sgranchiva le gambe, andava fino all'auto per tornare alla panchina senza mai perdere di vista la porta d'ingresso. Alle sette e mezza l'insegna si spense. Poco dopo Donata e Silvana uscirono. Donata chiuse la saracinesca, Silvana si accese una sigaretta, si salutarono. Nora si alzò, le gambe un po' addormentate, abbandonò il libro e il giornale e si mise dietro Donata. La donna camminava e parlava al cellulare, Nora a un centinaio di metri non la perdeva d'occhio. Attraversarono via Salara, superarono un supermercato. Ora le strade erano residenziali, poco illuminate. Spariti i negozi c'erano solo case, villini a due piani con piccoli giardini. I lampioni privati delle abitazioni e le luci delle finestre garantivano un'illuminazione incerta, piena di macchie buie. Donata era diventata poco più di un'ombra. Finalmente si fermò davanti a un cancelletto di ferro. Prese le chiavi dalla borsa e lo aprì. Entrò. Nora aspettò che le finestre al piano terra si illuminassero.

Aveva trovato la casa di Paolo Dainese.

Tornò verso l'auto. Aspettarlo era fuori discussione, doveva organizzarsi e non lasciare niente al caso.

A poche centinaia di metri dal negozio di Donata c'era un albergo, un due stelle, si chiamava L'Eremo, sebbene fosse incastrato in mezzo ad altre palazzine a tre piani. Alla reception su una sedia a sdraio di tela sedeva un uomo sui sessant'anni, magro, con le guance risucchiate sporcate da una barba bianca e nera. Portava degli occhiali enormi e i capelli lunghi pettinati all'indietro. «Ho bisogno di una stanza», gli disse. Quello si voltò e guardò le chiavi appese. «C'è la 3 che è libera. Per stanotte?».

«No, da domani. Pago anticipato».

Il pomo d'Adamo dell'albergatore si mosse, sembrava che la gola nascondesse un piccolo roditore. «Ah, va bene. Per quanti giorni?».

«Per ora una settimana. Poi ogni lunedì le anticipo l'affitto».

«Sì, va bene. Vuole sapere il prezzo?».

Nora annuì.

«Sono 35 euro al giorno compresa la colazione che serviamo dalle sei e mezza alle dieci».

«Benissimo», aprì la borsa e gli consegnò il documento. «Mi registri da oggi».

L'uomo allungò le mani. Nora notò le dita affusolate e bianche, alla mano destra le unghie erano lunghe. Forse suonava la chitarra.

Mentre l'uomo apriva un registro, Nora osservò le pareti dipinte di giallo-verde. C'era uno specchio sul piccolo corridoio dell'entrata che rifletteva la strada. Delle stampe raffiguravano barche e tramonti marini. C'era un odore di brodo vecchio e muffa. A destra una porta a vetri immetteva in un piccolo salone dal quale si dipartiva una scala. In fondo un'altra sala, quella della colazione.

«Se vuole a mezzogiorno serviamo pure il pranzo», le disse mentre scriveva sul registro.

«Grazie».

«È qui per lavoro?».

«Sì».

Le restituì il documento e un foglio. «Per favore metta una firma qui in fondo».

Nora eseguì. «Bene, allora ci vediamo domani».

«Ci sarà mia moglie domattina, ma è lo stesso».

Nora gli allungò il bancomat che l'uomo infilò nel POS. «Sa, qui vengono solo rappresentanti e qualche camionista. Lei è l'unica cliente».

Nora digitò il codice e attese. Una pendola finto antica alle spalle della reception batteva i secondi. «Per la prossima settimana le farò un po' di sconto», disse mentre strappava la ricevuta. «Di solito qui la clientela si ferma una sola notte. Ha bisogno di fattura?».

«No». Nora recuperò la borsa e uscì senza aggiungere altro. Dopo un'ora era di nuovo a Pescara, a casa.

«Che fai?», Pasquale era entrato in salone. Nora ripose le due foto che aveva in mano. «Niente».

«Non le guardare!».

Nora sapeva che aprire il cassetto sotto l'armadio antico in salone sarebbe stato un errore. Ammucchiate in disordine dentro due vecchie scatole di scarpe c'erano le fotografie. La prima che le era capitata in mano era quella di un viaggio a Venezia. Corrado le arriva sì e no alla vita, regge un cartoccio di semi per i piccioni. Ride all'obiettivo. Ai loro piedi gli uccelli a centinaia sono un tappeto grigio e nero. C'erano le foto prese a Roccaraso, in posa con gli sci prima di una discesa. Un'altra con Corrado e il numero in rosso sulla pettorina prima della gara di fine stagione. Non era uno sportivo brillante ma si divertiva, mai armato da spirito di competizione, le era sempre piaciuto l'atteggiamento di suo figlio. A Pasquale un po' meno, tanto che una sera, Corrado faceva la terza media, le aveva confessato un suo dubbio: «Nora, ma niente niente nostro figlio è gay?». Lo aveva detto con una punta di apprensione spaventato anche dal fatto che mai il ragazzo avesse parlato di ragazze, o di calcio. «Giocava pure coi bambolotti, ti ricordi?». Nora aveva alzato le spalle. «Disegna anche bene, magari farà lo stilista e diventeremo miliardari», gli aveva risposto e s'erano messi a ridere. Pasquale aveva paura di tutto. Quando Corrado nacque per prima cosa controllò se aveva tutte le dita delle mani e dei piedi. «Sì, signor Camplone, ha anche due occhi un naso e, pensi, perfino la bocca!», gli disse l'infermiera ridendo insieme a Nora. Prese in mano la fotografia di Corrado, pallido, aggrappato alle cinghie dello zainetto il primo giorno di scuola. Pasquale era restato nel cortile dell'edificio convinto che avrebbe visto suo figlio schizzare fuori a razzo dal portone urlando e coi capelli ritti in testa. Invece Corrado era uscito a mezzogiorno, sorridente, e tutte le paure covate e nutrite nei giorni precedenti erano svanite in meno di una mattinata. «La scuola è bellissima, non capisco quelli che hanno paura di andarci!», aveva detto tronfio. Nora si perse poi a guardare le istantanee dell'adolescenza, quando Corrado le vacanze le faceva da solo, scattate chissà da chi. Spiagge sconosciute, bar sconosciuti, era andato via dal nido, a vivere la sua vita. Tutte le notti passate in attesa del suo ritorno senza darlo a vedere. «Mi stavi aspettando, ma'?». «No, non riesco a dormire», gli mentiva sempre. In quei giorni il mondo era un campo minato per Nora. L'alcol, la droga, le risse, le malattie veneree. Le venne da sorridere al ricordo del discorso che Pasquale gli fece in un caldo pomeriggio estivo. «Allora Corrado, papà ti deve parlare di una cosa. Tu lo sai come si fanno i figli, no?», e Corrado godeva di quel momento d'imbarazzo del genitore; non lo aiutava, se ne stava zitto sulla poltrona a braccia conserte mordendosi le labbra per non scoppiare a ridere. «Per evitare di mettere incinta una donna, perché tu hai la fidanzata, no?», sempre la paura sotterranea sull'identità sessuale di suo figlio, «... allora si usa il preservativo, magari conosci il nome in inglese, condom. Guarda, li abbiamo anche in tabaccheria». E Corrado divertito: «Come si usa, papà?». Che stronzo, pensava Nora che origliava dalla cucina, gli sta chiedendo i dettagli. E Pasquale quasi balbettava. «C'è pure scritto sul bugiardino. Comunque te lo devi infilare sul pisello». «Ma quando, papà?». «Be', prima di avere il rapporto con la fidanzata». «Ah, ho capito. E vale anche per il rapporto anale, papà?». «Sei un cretino, Corrado!», e scoppiarono a ridere, riversi sulla poltrona, Pasquale che gli tirava cuscinate su cuscinate. «E io sto qui a fare 'sti discorsi!». Si mise a cercare l'ultima fotografia stampata di Corrado ma non riuscì a capire quale fosse, se quella abbracciato a Sole oppure al ristorante a festeggiare l'esame di Procedura penale. Non le andava di fare i calcoli perché il giorno dal quale prendere le misure era stato il giorno più terrificante di tutta la sua vita e ricordare la data era una pugnalata allo stomaco.

«Non guardare le fotografie, Nora», ripeté Pasquale avvicinandosi.

«E perché?». Rimise le scatole nel cassetto dell'armadio e lo richiuse. «Nei prossimi giorni non sarò a casa».

«E dove sarai?».

«Non ha importanza. Te la cavi da solo, no?».

«No, non me la cavo da solo, Nora».

«E invece dovresti. Io ho una cosa da fare», si alzò e andò in cucina. Il marito la seguì. «Posso sapere cosa?».

«Un compito che richiede tempo, non so neanche io quanto. Un po'».

«Per questo hai fatto le valigie? Parti?».

«Sì».

«Dove vai? Da tua cugina?».

«No», si versò un bicchiere d'acqua.

«Vai a Roseto», concluse Pasquale. «L'hai trovato?».

«So dove abita. Lo voglio vedere».

«E dopo che l'hai visto?».

«Voglio vedere che faccia fa, voglio sentirlo parlare, scoprire come si sente».

«E dopo?».

«E dopo si vedrà».

Lo superò per andare in camera da letto ma il marito la bloccò. «Non ha senso».

«Invece ne ha. Per me ne ha, tantissimo».

«Cosa ti aspetti? Che si metta a piangere? Che crolli in ginocchio implorando il tuo perdono?».

«No. Per questo lo voglio ascoltare».

«E secondo te ti farà bene?».

«Non lo so. Credimi, in questo momento il mio bene è l'ultima cosa a cui penso».

«E a me non ci pensi?».

«Sempre. Ma tu ora te ne stai da parte, devo fare tutto da sola. Altrimenti impazzisco, Pasqua', lo capisci?».

«Quando torni?».

Ma Nora non rispose. Si liberò dalla stretta di Pasquale ed entrò in camera da letto.

Arrivò all'Eremo alle nove del mattino. La puzza di minestrone nella hall aveva lasciato posto a un disinfettante al limone acre e chimico. Alla reception c'era una donna, piccola, con la pelle del viso grigia. Aveva i capelli neri e ricci e le mani da bambina. «Sì, mio marito mi ha detto. Allora questa è la stanza, la numero 3, piano terra», e col viso indicò la direzione da prendere. Guardava Nora con sospetto, non le tornava una donna che prendeva la stanza per una settimana in quell'alberghetto. «Che lavoro fa?».

«Rappresentante», le rispose afferrando la chiave. Poi con le due valigie si avviò verso il corridoio.

Un letto singolo con una sopraccoperta a fiori. Un comodino di legno chiaro sul quale era poggiato un abat-jour col cappello di perline rosa. La finestra dava su un parcheggio sul retro della costruzione. C'era un armadio a due ante con le grucce di ferro della tintoria, e su un piccolo scrittoio col piano rivestito di vetro poggiava un televisore. Il bagno era minuscolo. La doccia chiusa da due porte di plastica bianca qui e lì macchiata di muffa. Tre asciugamani scoloriti erano piegati in ordine sul letto accanto a una saponetta avvolta nel cellophane. Si mise a ordinare i vestiti nei cassetti e nell'armadio, poggiò sul tavolino due romanzi che aveva preso a caso dalla libreria di Pasquale, infine lasciò la stanza numero 3.

Non aveva fretta, doveva aspettare la sera. Perse tempo sul lungomare a guardare i cani che trottavano con dei bastoni fra i denti e uomini e donne con tute attillate correre sul bagnasciuga. Un sole timido s'era affacciato e un po' scaldava. Il mare era calmo, piccole onde si spaccavano sui frangi-flutti. Si fermò a un bar a prendere un succo di frutta, poi il giornale e infine mangiò un panino al formaggio. Erano poche le attrattive del paese in letargo che si sarebbe risvegliato solo per la stagione estiva. Cercò un cinema e impiegò altre due ore pomeridiane guardando uno spy-thriller di cui non capì la trama. Alle sette era davanti casa di Donata.

Pasquale aveva passato una giornata d'inferno. A scaricare scatoloni, a mettere a posto stecche di sigarette, più di una volta aveva sbagliato a dare il resto e se non ci fosse stata Barbara non ce l'avrebbe fatta.

«Mi dica i numeri», fece la ragazza alla donna che teneva un foglietto davanti al naso.

«Allora ho sognato il culo, proprio le chiappe quindi 16, la testa mozzata, allora ho pensato a 34 e mia madre, che fa 52».

«Donna Luisa, speriamo che stavolta il sogno le porti fortuna!».

Pasquale guardava il sorriso della ragazza stampato sul viso paffuto e roseo. Non l'aveva mai vista sudare né perdere il controllo della situazione. Calma e rapida, una macchina da guerra.

«Ecco a lei, donna Luisa».

L'età di Corrado, qualche mese di più. Sarebbero diventati amici lei e suo figlio?

«Se escono si aspetti un bel regalo, Barbara!».

«E voglio proprio vedere!».

«Arrivederci Pasquale!».

«Buona giornata donna Luisa!».

Guardò nervoso l'orologio sul monitor del computer acceso. Mancava ancora mezz'ora alla chiusura, doveva sbarazzarsi della ragazza. «Si sente bene?», gli chiese Barbara.

«Ma sì, certo, sono solo stanco». Seduto dietro il bancone la gamba destra poggiata a terra tremava.

«Allora vada pure, signor Camplone, chiudo io, senza problemi».

«No, Barbara. Anzi, sai che facciamo? Chiudiamo mezz'ora prima. Non muore nessuno», e si alzò.

«Va bene, come desidera!». La ragazza sorrise. «Domattina vuole che apra io?».

Era una cara ragazza, ma troppo servizievole, sempre pronta a fargli un favore e questo innervosiva Pasquale. Lo faceva sentire un *mezzo impedito* come diceva a Nora, e anche più vecchio di quanto in realtà non fosse. «No, Barbara, domani tutto regolare, come ogni giorno. Ora vai pure, qui ci penso io». La osservò mentre veloce si infilava il cappotto rosso e si metteva la borsa a tracolla. «A domani allora» e uscì.

Pasquale attese qualche secondo, poi andò alla porta del negozio. Gettò un'occhiata alla strada, chiuse la serratura. Raggiunse la cassa e prese tutti i contanti. Li arrotolò insieme a quelli che aveva prelevato la mattina in banca, si infilò il giubbotto e uscì. Abbassò la saracinesca proprio mentre un cliente si stava avvicinando al negozio. «È chiuso?».

«Purtroppo sì... un imprevisto all'ospedale», disse.

Il ragazzo alzò le spalle e proseguì per la sua strada alla ricerca di un altro tabaccaio. La temperatura era scesa di qualche grado e l'umidità penetrava nel giaccone infilandosi sotto il maglione. Con le mani in tasca, passo rapido e sguardo basso, attraversò la piazza e poi svoltò in una stradina buia. Prima di entrare alla Fusoliera ci guardò dentro. C'era solo un uomo coi gomiti poggiati al bancone e una sigaretta spenta in bocca. Pasquale lo conosceva, lo chiamavano Suppietta e passava il tempo avvolto nei fumi dell'alcol. Spinse le due porte a vetri ed entrò. Umberto era come sempre dietro il bancone impegnato in un cruciverba, alzò gli occhi e lo guardò apprensivo. «Buonasera Pasquale, che ti porto, il brandy?».

Si tolse la sciarpa e se la mise in tasca. «No, un Aurum», poi gli fece un cenno e andò a sedersi al solito tavolino in fondo alla sala. Umberto sbuffò, mollò la penna e riempì un bicchierino. Lasciò il bancone e raggiunse l'amico. «Ecco qui», e posò l'amaro sul tavolo. Pasquale lo finì in un sorso. «A stomaco vuoto non fa bene».

«Siediti».

Umberto si girò per controllare Suppietta che se ne stava fisso a guardare il bicchiere mezzo pieno di birra oramai calda. «Sta lì dalle cinque», disse sedendosi.

Pasquale teneva le mani sotto il tavolo. Umberto capì e abbassò le sue. Percepì nel palmo un rotolo di banconote. «Sono duemila e cinquecento», sussurrò Pasquale. Umberto rapido se le infilò in tasca. «Quanto tempo ci vuole?».

«Ti chiamo io».

I due amici si guardarono. «E poi?», gli chiese.

«Umbe', poi non me ne frega niente. Succeda quello che deve succedere».

«Guarda che non è facile».

«Forse, o forse no. Magari penso alla faccia di mio figlio piena di sangue...».

Umberto chiuse gli occhi.

«È andata così. Potevamo avere una vita normale ma qualcuno ha deciso diversamente».

«E lasci sola Nora?».

«Nora è già sola».

Si alzò dal tavolino, poi poggiò una mano sulle spalle di Umberto. «Te lo giuro, è l'ultimo favore che ti chiedo». Si rimise la sciarpa intorno al collo e uscì dal bar. Umberto tornò al bancone. Suppietta alzò gli occhi umidi cerchiati di rosso e lo guardò. «Che ore si so' fatte, Umberto?».

«Perché, hai qualche appuntamento, Suppie'?»,
e si rimise sui cruciverba.

Donata camminava spedita verso casa. Portava
una busta di plastica e la borsa a tracolla. Aprì il
cancelletto di ferro per richiudersi alle spalle. Nora era a venti metri. Attese che le luci del piano
terra si accendessero, poi si avvicinò. Sbirciò al-
l'interno. Donata era passata in cucina, riusciva a
scorgere parte della stanza, qualche sportello della credenza e un angolo di tavolo. Andava avanti
e indietro, preparava la cena. Si vedeva che canticchiava a bocca chiusa ma non sorrideva. La vide salire le scale di cui distingueva a malapena il
corrimano. Si allontanò di qualche passo. Anche
le luci del piano di sopra si accesero. Prima la finestra grande, poi quella più piccola, forse il bagno. Nora arretrò ancora di una decina di metri e
si poggiò al muretto della casa di fronte perfettamente in ombra. Attese a lungo fino a quando i
fari di una macchina spuntarono dalla strada principale. Veloce raggiunsero la palazzina e con una
certa perizia l'autista parcheggiò. Nora si nascose
alla vista dietro il tronco di un tiglio. Le luci del-
l'auto si spensero e si aprì lo sportello.

Finalmente lo vide.

Paolo Dainese con una sigaretta in bocca fece lam-
peggiare le quattro frecce e si avvicinò al cancel-

lo. Nora guardò l'ora. Le otto e mezza. L'uomo gettò la cicca, entrò nel piccolo giardino pavimentato e poi in casa. Ora, alla luce dell'ingresso mentre si toglieva il giubbotto di pelle marrone, Nora poté guardarlo in viso. Non era invecchiato, forse solo un po' ingrassato. Donata spuntò dalle scale e l'abbracciò. Si baciarono, poi andarono in cucina.

Dal buio del marciapiede dietro le ombre dei rami che le rigavano il viso Nora assistette a tutta la cena fino a quando i due si sedettero sul divano davanti alla luce azzurrognola della televisione, Donata acciambellata sotto il braccio di Paolo Dainese. Cominciò a sentire l'umidità salire dalla terra e la stanchezza delle gambe. Ma volle aspettare ancora un po', guardare quella coppia davanti a un film, con una vita regolare, pensieri normali, un futuro da progettare insieme, lo stesso futuro che quell'uomo aveva tolto a suo figlio arrogandosi un diritto che neanche una divinità può reclamare. Guardarono la televisione a lungo, ogni tanto uno dei due si alzava per andare in cucina e tornava con un bicchiere o un biscotto. Camminò un po', si stiracchiò, fece qualche allungo toccandosi la punta delle scarpe. Se li immaginava abbracciati stretti sul divano, nel tepore casalingo, un uomo e una donna al sicuro, certi che nulla avrebbe potuto sfasciare quella serenità. Poi finalmente la luce azzurrognola si spense e con lei tutte quelle del piano terra. Li vide salire le scale. Attese battendo i denti dal freddo ma non voleva staccarsi di lì. Alle sue spalle le altre abitazioni erano già buie.

Meglio, nessuno mi ha notata. Si chiederebbero cosa ci faccio qui fuori a quest'ora di notte. Guardò la camera da letto finché la luce non si spense. A mezzanotte e un quarto con le spalle e il collo doloranti tornò in albergo. Non aveva cenato ma a parte un sorso d'acqua non avrebbe potuto introdurre altro nello stomaco. Si mise sotto le coperte ma il sonno non arrivava. Provò a leggere senza riuscire a concentrarsi. Decise di accendere la televisione. Facce grasse e pontificanti regalavano soluzioni politiche ai problemi del Paese, molti culi, colori sgargianti, denti finti, grida, automobili e vacanze in crociera. Spense. Rimase a guardare il soffitto.

Cos'ho provato? Odio. Abissale, totale, invasivo. Non le era rimasto spazio per nessun altro sentimento. Ogni gesto, ogni sorriso di quell'uomo le provocava odio. I capelli, gli occhi, la pelle, i pantaloni. Odio. Da lì doveva attingere la forza, da quella fonte inesauribile e sotterranea, scavata a centinaia di metri di profondità. Se stava attenta poteva sentirlo quell'odio ringhiare come un mostro vulcanico che ribolliva minaccioso, pronto a spandere lava tutt'intorno alla prima scossa tellurica. Lontano suonò un clacson. Accese il cellulare per puntare la sveglia. Pasquale l'aveva chiamata tre volte. Trovò anche un suo messaggio: *Come stai? Fatti sentire.*

Come sto? *Bene*, scrisse.

Poi puntò la sveglia alle cinque e mezza e chiuse gli occhi in attesa del sonno che la avvolse solo un'ora dopo. Con la certezza che quello sarebbe stato l'ultimo giorno di quiete per Paolo Dainese.

Non era ancora l'alba quando Nora parcheggiò l'auto a cinquanta metri da casa di Donata. Nel villino c'era già movimento, la luce della cucina al piano terra era accesa. Spense il motore e si mise in attesa. Subito i cristalli dell'auto si appannarono. Li pulì con la manica del cappotto. Il cielo carico di nuvole prometteva un'altra giornata cupa e grigia. Si accorse di avere il fiato corto, di non riuscire a prendere aria e riempire i polmoni. Chiuse gli occhi e iniziò a respirare lenta, con calma, a gonfiare e sgonfiare la cassa toracica. Non era un giorno qualunque, oggi cominciava il suo piano, e aveva bisogno di tutto il coraggio e di ogni sua energia per portarlo a termine.

Alle sette la porta si aprì e Paolo Dainese uscì soffiandosi sulle mani. Portava il solito giubbotto di pelle marrone, in testa uno zuccotto di lana blu.

Raggiunse la macchina, una utilitaria rossa. Nora accese il motore, l'auto di Dainese era facile da seguire, spiccava in mezzo alla strada come una boa nel mare. Attraversarono un fiumiciattolo abbastanza gonfio per le piogge, poi entrarono sulla Statale 16, l'Adriatica. Dieci minuti dopo Paolo Dainese lasciò l'auto davanti a un'officina. Nora lo superò proseguendo per altri cento metri e trovò un parcheggio. Macchine e camion sfrecciavano sulla via Adriatica, il rumore del traffico rimbalzava sugli edifici e rintronava le orecchie. Nora si avvolse la sciarpa intorno al collo e raggiunse l'officina. Due serrande in un cortile interno protetto da una recinzione di ferro nera. Sulla rete c'erano appese le pubblicità di olio per motori. I due locali erano bui. Una grossa BMW stava sopra un ponte e mostrava budella di ferro e acciaio. Nel cortile c'erano altre macchine parcheggiate, pronte per la riparazione, pneumatici lisi, lattine di olio, mozzi. Sopra le saracinesche il nome dei proprietari, «Fratelli Di Primio». Un carro attrezzi giallo spuntava dal retro. Nora entrò nel cortile e si avvicinò. Le auto dentro erano sei e tre meccanici in tuta lavoravano infilati nei cofani. Uno dei tre, basso e tarchiato, sulla cinquantina, si accorse della sua presenza. Si avvicinò asciugandosi le mani con lo straccio. «Buongiorno... ha bisogno?». La tuta rossa e aperta sul davanti mostrava un crocifisso enorme. Nora gli sorrise appena. «No. Non ho bisogno di niente», disse. Il meccanico rimase interdetto a guardarla. Restò lì con un sorriso ebete stampato sul viso. «Le offro qualcosa?».

«Ce l'ha un caffè?».

«E certo», disse. Le indicò con la mano un box di vetro sulla destra dell'entrata che fungeva da ufficio. «Venga, venga pure», si mise una mano in tasca e infilò una pennetta di plastica nella fessura del distributore automatico. «Può scegliere. Vuole normale, decaffeinato, macchiato?».

«Normale».

Il meccanico premette un tasto e attese. Nora guardò l'ufficetto attraverso le pareti che in realtà erano due grandi finestre. Era pieno di gagliardetti dei carabinieri, frasi del duce, cavallini rampanti della Ferrari. Il calendario con le donne nude era enorme e sovrastava la scrivania.

«Tenga», le allungò il bicchierino.

Nora ci poggiò sopra le labbra. Era piacevole il calore che emanava. «Lei è il proprietario?», gli chiese.

«Alfonso Di Primio, sì. L'altro è mio fratello Giovanni, ma lui fa solo la contabilità. La roba di Mussolini è sua», e indicò l'ufficio alle sue spalle. «Di mio lì dentro c'è solo... insomma, le donne», e sorrise. Poi timidamente abbassò la voce. «Lei è dell'Agenzia delle Entrate?».

«No».

Il viso di Alfonso Di Primio sembrò rasserenarsi. Allargò le braccia. «Le piace?».

«Il caffè? È caldo, grazie. Lavora con lei Paolo Dainese?».

Alfonso annuì. «Ho capito. Cos'è lei, dei servizi sociali? Polizia?».

«No. Sono un'amica».

«Ah...».

«Oggi è venuto?».

«Sì, sta di là. Glielo chiamo?».

«Non ce n'è bisogno». Nora finì il caffè. «Grazie signor Di Primio», gettò il bicchierino di plastica in un bidone, poi si girò e uscì dall'officina. Si andò a piazzare proprio davanti al cancello d'entrata del cortile. Il meccanico continuava a guardarla senza capire. «Uè, Paolo, vieni qui...».

Nora vide Alfonso Di Primio avvicinarsi a Paolo Dainese che adesso indossava una tuta verde sporca di grasso. Parlavano di lei, la guardavano. Vide Paolo strizzare un po' gli occhi, poi lasciare il principale e avvicinarsi. Nora sentì il sangue scendere in basso e fermarsi ai piedi. Si appoggiò al montante del cancello esterno dell'autofficina perché aveva paura di cadere. Il cuore batteva veloce e dovette strizzare gli occhi che si stavano riempiendo di lacrime. Teneva le braccia incrociate sul petto e con le mani stringeva i bicipiti.

Paolo raggiunse il centro del cortile e si bloccò. Pallido, la bocca aperta. L'aveva riconosciuta. Si avvicinò lentamente con le mani in tasca. Arrivò a due metri e si fermò. «Cosa vuole? Perché è qui?», chiese, ma Nora non rispose. Lo fissava senza abbassare lo sguardo. «Le ho chiesto cosa vuole da me». Nora taceva. «Le mie scuse? Gliele ho già fatte, al processo. Ho sbagliato, l'ho capito, e mi dispiace, mi dispiace da pazzi ma non posso più rimediare».

Nora silenziosa non abbassava lo sguardo. Aveva alzato leggermente un sopracciglio.

È la prima volta che io e te stiamo faccia a faccia dal processo ma lì ci dividevano le guardie, la gente. Se li ricordava diversi gli occhi di Dainese. In realtà erano quasi bovini, come se la palpebra inferiore avesse perso aderenza al muscolo orbitale. Erano l'ultima cosa che Corrado aveva visto, gli occhi di Paolo Dainese. Non i suoi, quelli della madre, ma di un tizio qualunque entrato in tabaccheria per ripulire la cassa. Solo per essersi rubato l'ultimo sguardo di suo figlio sul mondo meritava altri 20 anni.

«Io non le posso restituire quello che le ho tolto. E mi creda, ci sto male ogni giorno della mia vita. La prego, dica qualcosa».

Nora non cambiò espressione. In piedi, le braccia conserte, solo il vento le muoveva i capelli, altrimenti sarebbe sembrata una fotografia a grandezza naturale. Paolo scosse la testa e si girò tornando nell'officina, passò accanto al proprietario e alzò le spalle. Alfonso la fissò, incuriosito e imbarazzato. Nora rimase nella sua posizione.

Jana aveva preparato la tavola per due e aveva lasciato un biglietto sul tavolo: *Signiora serve sgrasatore e sapone de wc.* Pasquale accartocciò il foglietto e andò ad aprire il frigorifero. C'era la padella con la pasta al sugo della sera prima. La mise sul fuoco e si sedette ad aspettare. Nora continuava a tenere il cellulare spento. Era una follia, qualsiasi cosa stesse facendo, ma sapeva che impedirglielo era inutile. Non ne aveva il diritto e neanche la forza. Gli sarebbe piaciuto avere un fratello, una persona con cui poter parlare dopo l'omicidio di Corrado, perché i suoi pochi amici non era più riuscito a frequentarli. Nel loro sguardo leggeva sempre la pietà, nessuno lo considerava più Pasquale Camplone ma il papà del ragazzo assassinato. Anche l'avvocato, Nicola, che aveva cominciato il mestiere nello studio di suo padre, anche lui come gli altri lo aveva congelato al marzo di quasi sei anni prima, in quel giorno in cui era andato a comprare il vestito e lasciato il negozio a suo figlio. Doveva esserci lui dietro il bancone, lui minacciato dal coltello di Paolo Dainese. Non avrebbe reagito, gli avrebbe dato i soldi e poi avrebbe chiamato i carabinieri e tutto sarebbe finito, un brutto episodio che capita a chi ha un'attività su strada. La vita avrebbe ripreso il suo corso, tempo due settimane e se ne sarebbero dimenticati. Perché hai reagito? Non eri uno rissoso, anzi eri tranquillo, mite. Cos'era scattato nella testa di suo figlio? Il senso di responsabilità? Mio padre mi lascia il negozio e io mi faccio rapinare? Non era mai stato un padre severo, anzi, scuse e scappatoie di suo figlio le aveva sempre accettate.

«Corra', quattro in matematica?».

«Sì, ma ero assente alla spiegazione».

«Dovevi rientrare a mezzanotte, sono le due. Io capisco ma almeno telefona così sto tranquillo...».

«Magari papà, ma il cellulare s'è rotto».

«È solo un bozzo su una carrozzeria, Corrado, l'importante è che non ti sei fatto niente...».

«Quello stronzo veniva da sinistra e non s'è fermato allo stop e poi è scappato».

Nora spesso lo riprendeva. Gli diceva che ogni tanto una strigliata, anzi un *cazziatone*, ci voleva, «... per il suo bene, per il bene di nostro figlio». Ma Pasquale non ce la faceva. Non riusciva ad arrabbiarsi con Corrado, a fargli i *cazziatoni*. Forse era stato proprio quello lo sbaglio? Aveva ragione Nora? Un'educazione più dura avrebbe aiutato? Tutte domande inutili. Quei pochi secondi di quel giorno di marzo erano stati imprevedibili come un incidente in macchina o in montagna. Un uomo entra con un coltello in negozio, ti minaccia, magari ti dà una spinta e in quei pochi secondi ti passa qualcosa in testa che neanche sospettavi. Una reazione naturale di autodifesa, oppure è una mattina in cui sei arrabbiato col mondo, o è una parola di troppo che ti ha toccato un nervo scoperto a farti reagire. E ci lasci la pelle. Non c'è quattro in matematica, o bozzo sulla carrozzeria, che significhi qualcosa. Pochi attimi che decidono il tuo futuro, la tua vita. Secondi in cui prendi la decisione sbagliata, anche se magari a freddo avresti fatto diversamente. Come in guerra. Quante piccole e insignificanti decisioni hanno ucciso o salvato qualcuno. Se non ti fossi mosso la pallottola ti avrebbe ucciso, se invece magari fossi scattato verso l'albero la pallottola che ha centrato la corteccia t'avrebbe colpito al cuore. La pasta s'era bruciata, inutile cercare di recuperarla, era annerita e immangiabile. Sbucciò una banana e si accontentò, tanto non aveva fame. Semmai prima di aprire il negozio avrebbe preso un gelato al bar accanto alla tabaccheria. Cioccolato e pistacchio.

«Ma quella sta ancora lì? Mi spieghi?», chiese Alfonso, in mano due candele sporche e vecchie.

Paolo Dainese si voltò verso il principale. «E che ti devo spiegare, Alfo'? Non lo so che vuole».

Il meccanico si voltò. La donna era appoggiata al cancello dell'officina. «Sì, ma sono ore... che c'è sotto? Guarda, Paolo, dimmi la verità».

Paolo mise una mano sul cofano aperto della jeep. «Nessuna verità. È una pazza che è convinta che... insomma, tempo fa mi ero fatto la figlia...», gli fece l'occhiolino ma Alfonso non raccolse l'invito a una sordida complicità maschile, a lui quella situazione non piaceva, non era il momento di parlare di donne, conquiste, scopate, tette e affini. «Allora?», gli chiese serio.

«... e allora... non lo so che vuole. È storia vecchia».

«Non mi nascondi niente?».

«Niente, te lo giuro».

«Vabbè, torna a lavorare. Paolo, se scopro che stai facendo cazzate te ne vai».

«Nessuna cazzata, principale, lo giuro!».

«Rimettiti sulla jeep, è in consegna nel pomeriggio», lo lasciò e tornò al suo tavolo. Una donna di più di sessant'anni se ne sta lì, in silenzio, al freddo, non ha mangiato, non beve. Guarda e basta. Alfonso non riusciva a lavorare con quella presenza al cancello. Decise di andarci a parlare. «Signora? Signora, ma c'è qualcosa che posso fare?».

«No», fece Nora con un leggero sorriso.

«Perché sta qui?».

«Guardo».

«Cosa? L'officina?».

«No. Il mio amico».

Alfonso si voltò verso il garage. «È suo amico?».

«Non si immagina quanto».

«Le ha fatto qualcosa?».

«Oh...», Nora scoppiò a ridere. «È una storia lunga e non ho voglia di annoiarla».

«Vuole un po' d'acqua? Le prendo qualcosa da mangiare?».

«Non si preoccupi, ho mangiato e bevuto».

«Le... le porto una sedia?».

«Sto bene così, grazie».

Il meccanico annuì, poi a testa bassa tornò in officina.

«Principa', chi è quella?», gli chiese Mario, l'altro ragazzo coi capelli a spazzola e un ciuffo fluente di lato.

«Niente, Mario, non ti preoccupare. La Mini? Finita?».

«No, devo andare a prendere la cinghia. Vado col motorino».

Alfonso andò agli scaffali a scegliere le candele nuove. Si avvicinò alla Subaru montata sul ponte e cominciò ad avvitare la prima. «'Sti cazzo di giapponesi», ringhiò. Avevano messo le candele dell'auto in un posto irraggiungibile. «Ma dico io...», una candela gli scivolò di mano e cadde a terra. Niente, non riusciva a concentrarsi, lo sguardo di quella donna pareva trafiggerlo. Ricominciò ad avvitare la candela scivolosa. Stare con le mani alzate per quell'operazione lo stancava, gli sfibrava i muscoli delle spalle, del collo e dopo un po' doveva mollare perché le dita quasi non rispondevano più. Non era riuscito a fissarne neanche una. Sbuffò. Colpa delle sue dita grosse e tozze non adatte a quei buchi. Pensò al meccanico giapponese che sicuro le aveva piccole e sottili e in pochi secondi sarebbe riuscito nel compito anche in quella posizione assurda. «Mannaggia...», bestemmiò all'ennesimo tentativo non riuscito. «Francu'!», gridò. Un ragazzo piccolino e riccio arrivò di corsa. «Dica, principa'».

«Vedi se ci riesci tu a avvita' 'ste candele, non mi ci entrano le dita». Franco prese la prima e si mise all'opera. Alfonso gettava ogni tanto uno sguardo verso il cancello. Finalmente capì cosa c'era di strano. Gli occhi di quella signora erano vuoti, sembravano morti. Doveva chiamare i carabinieri? Si voltò verso Paolo Dainese. Anche lui la stava osservando. Lo chiamò con un cenno. «Paolo, cerca di sistemare questa cosa, non è normale».

«Non so che fare, non lo so che vuole da me».

«Vacci a parlare, cerca di capire e mandala via. Io così non riesco a lavorare».

Paolo sbuffò, poi si girò per andare al cancello. Ma la donna era sparita.

Per tutto il giorno Pasquale restò concentrato sul cellulare che non suonava. Distratto, scambiò le schedine di donna Luisa e del signor Albanesi, giocatori assidui della tabaccheria, confondeva marche di tabacchi e riuscì a rompere due sigarette elettroniche cercando di montare la resistenza, dava il resto sbagliando le operazioni più elementari. Barbara si era accorta di quella vaghezza, il signor Pasquale sempre così metodico e puntuale non ne azzeccava una, e si faceva in quattro per riparare agli errori, rispondere alle domande dei clienti, servirli e parlare con i fornitori. Se non fosse stato per lei Pasquale avrebbe ordinato cinque scatoloni di chewing gum Brasil e due pacchi di caramelle del fumatore, articoli difficili da vendere che sarebbero rimasti sugli scaffali per anni. Quando arrivò il fornitore dei sigari Barbara ebbe un brivido. Si trattava di merce molto costosa, facilmente deperibile, la ragazza sapeva che Diego avrebbe cercato come ogni volta che sbarcava alla tabaccheria di propinare l'umidificatore per i Cohiba e i Romeo y Julieta. Pasquale era sempre stato contrario, aveva resistito arroccato nella sua cittadella fortificata all'invasione di quei prodotti. «Qui è più un posto da mezzi toscani, Diego, i sigari cubani non prendono». Quel giorno Barbara sapeva che il tizio ci avrebbe riprovato trovando la cittadella senza guarnigioni e col ponte levatoio abbassato. Sigari cubani e umidificatore significavano migliaia di euro e soprattutto il suo posto di lavoro sempre più incerto.

«Buonasera!», Diego sorridente in giacca e cravatta, ventiquattrore e un trolley nero di pelle, voleva comunicare serenità, positività vincente e soprattutto di essere lì solo per la gioia e la fortuna dei suoi clienti. Ma Barbara e Pasquale sapevano che era una posa. L'avevano scoperto dalla prima visita al negozio, pochi particolari che raccontavano molto più del trolley di pelle, della ventiquattrore della Bottega Veneta, regalo dell'azienda, e il sorriso imparato nei corsi di formazione di qualche guru d'oltreoceano. La camicia leggermente lisa intorno al colletto, il Rolex taroccato al polso mostrato con una certa nonchalance e le scarpe finto inglesi che venivano da un mercato, bastava osservare la cucitura e le piccole crepe sulla calzatura, segno di una pelle mediocre se non addirittura finta: erano tutti dettagli che denunciavano un sicuro disagio economico che il venditore mascherava con la sua verve.

«Vi trovo in forma!», e Diego posò la ventiquattrore sul banco. «Oggi non mi può dire di no, Pasquale, proprio no», e con due scatti aprì la serratura e tirò fuori dei fogli. «Io dico che qui dentro oggi cominciamo una nuova era».

Pasquale guardava ora il cellulare ora il viso abbronzato di Diego. «La società mette a disposizione l'Humidor edizione Golden Pack». Fece una pausa a effetto. «Stiamo parlando della regina degli umidificatori».

«Del re», fece distratto Pasquale.

«Come?».

«Se è un umidificatore sarà un re, fosse stata una umidificatrice allora era regina».

Il sorriso di Diego si spezzò. «Sì, giusto... allora, il re! Il re ha mensole in cedro estraibili, smart-tracks inclinabili per la presentazione prodotto. Elegantissimo, lamiera fuori, alluminio all'interno. Contiene 320 litri, cioè stiamo parlando di più di 1.100 sigari!».

Pasquale prese in mano il cellulare per controllare il campo. Barbara si mordeva le labbra, avrebbe voluto interrompere il monologo di Diego, ma non ne aveva l'autorità.

«Maniglie e telaio in metallo prezioso, posa su cuscinetti in acciaio. Il Golden Pack ha la porta con serratura di sicurezza, no dico 1.100 cubani, stiamo parlando di un bottino che farebbe gola a molti rapinatori!». Quando si rese conto della gaffe cercò di cancellare l'ultima frase tirando fuori un dépliant illustrativo. «Ma passiamo alle caratteristiche tecniche che mostrano quanto sia conveniente anche in termini di risparmio energetico. Tanto per cominciare è un classe A – classe climatica SN, quindi non incide un granché sulla bolletta. Regolabile elettronicamente, si umidifica tramite evaporazione di superficie e ventilazione. Ha un contenitore d'acqua di ben 4 litri. E non fa rumore! Pensate, solo 25 decibel, e in più c'è lo sbrinamento automatico ed è di dimensioni accettabili anche per un negozio come questo. Dunque...», lesse sul foglio che teneva in mano, «allora 1,60 di altezza per...».

«Diego», lo interruppe Pasquale.

«Sì?».

«Vai al dunque».

Diego sorrise. «I costi. Sì... il prezzo di questo gioiello sul mercato è di duemilaottocento euro, per i rivenditori è di soli ottocento euro con obbligo di rifornimento sigari presso di noi al venticinque per cento del prezzo di fabbrica».

«Posso?», fece Barbara che vedeva Pasquale assorto sempre di più nei suoi pensieri. «Noi abbiamo una clientela affezionata ai toscanelli e ai toscani, ai Garibaldi, mai abbiamo avuto richiesta di sigari cubani. Quanto costa un Cohiba?».

«Lanceros?».

«Per esempio?».

«Mah, siamo sui quattrocento euro a confezione da venticinque sigari».

«Cioè quattrocento diviso venticinque, più o meno sedici euro a sigaro».

«Ma è tutta un'altra filosofia di fumo. Si può andare dai più semplici Cicero ai Cusano Nicaragua...».

«Qui con cinque euro prendono un pacchetto di quattro mezzi sigari e sono felici così».

Diego si rivolse a Pasquale, la vera autorità del negozio e grazie al suo sesto senso forse quello più facile da convincere. «Ma Pasquale, deve anche fare i conti con tutti i prodotti che ruotano attorno al mondo sigaro. I tagliasigari da tavolo o da taschino a forbice o a forma di ghigliottina, simpaticissimi, i portasigari in pelle, le confezioni regalo. Qui in città sarebbe il primo e, mi creda, in poco tempo, un punto di riferimento per...».

Il cellulare suonò. Pasquale scattò in piedi. «Pronto, sì?», poi uscì dal negozio senza dire niente e lasciò Diego e Barbara da soli.

«Diego, credimi, non è il momento».

«Ma a questi prezzi non ricapiterà più».

«Sta male».

«Chi?».

«Pasquale, sta male. Ha saputo che quello è già uscito di galera. Ti rendi conto?».

«Quello chi?».

«Quello che...».

Diego annuì. «Capisco. Che dici, ripasso?».

Barbara osservò Pasquale attraverso la vetrina fra le pipe in esposizione. Lo vide chiudere la telefonata ed ebbe la sensazione che, rientrando in negozio, stesse sorridendo. Si fermò sulla porta, guardò lei e Diego come fossero due estranei.

«Senta, Pasquale...».

«Dovete andar via!», disse serio. «Chiudo il negozio, ho un affare urgente da sbrigare».

Barbara annuì e andò a prendere il cappotto appeso dietro la macchina della Sisal. Diego invece alzò il dépliant. «Che faccio? Glielo lascio?».

«Sì, lascialo pure lì».

«E ci sentiamo domani?».

«No, Diego, ti chiamo io».

Il rappresentante in quei pochi secondi sembrava avesse perso l'abbronzatura invernale e si chinò per rimettere le sue carte nella ventiquattrore. Pasquale notò, nei suoi capelli radi e ricci, perline di sudore che partivano dal cranio per arrivare fino all'attaccatura e sulla fronte.

«Senti, Diego, lo so che è un lavoro duro, ma qui sprechi il tuo tempo», gli disse. «Sei giovane, avrai tante occasioni nella vita, questo posto consideralo un binario morto. Saliresti su un vagone fermo su un binario morto?».

«A fare che?».

«Appunto».

A quelle parole il sangue di Barbara si gelò, ma la ragazza non lo diede a vedere. «Ci vediamo domani mattina, signor Camplone?», disse come se niente fosse.

«Sì».

«Vuole che apra io?».

«Non ti preoccupare, Barbara, ci penso io».

«Bene, allora ne approfitto, trovo ancora aperto il supermercato e vado a fare la spesa a mia madre».

E uscì dalla tabaccheria. Diego recuperò il trolley, legò la ventiquattrore al manico estraibile, poi tese la mano a Pasquale. «Buona fortuna, qualunque cosa le stia succedendo».

«Buona fortuna anche a te, Diego», gliela strinse. Poi il rappresentante uscì lasciando la scia di un profumo dolciastro da supermercato. Pasquale andò alla porta, ruotò il cartellino da *aperto* a *chiuso* e girò tre volte la chiave nella serratura. Spense le luci dentro il negozio e seduto dietro al bancone al buio si mise ad aspettare.

Era stata una giornata d'inferno all'officina. Da quando quella era apparsa niente aveva girato più per il verso giusto. Non era riuscito a finire la jeep in consegna e se non fosse stato per Mario che l'aveva aiutato avrebbe fatto fare una pessima figura ad Alfonso col cliente. «Che cazzo», disse mentre guidava verso casa. «Ma che vuole? Perché è venuta?».

Dio solo lo sa quello che sto cercando di fare. Mica è facile rimettersi in pista. Aveva trovato un lavoro, malpagato ma almeno era un lavoro, c'era Donata, aveva una casa con il giardino, i fiori, l'estate il mare a poche centinaia di metri e forse volevano mettere in cantiere un bambino. «E adesso questa!», e mollò una manata al volante. Era arrivato a via Gioia senza neanche accorgersene. Parcheggiò a cinquanta metri da casa. Scese dall'auto. La temperatura era diminuita ancora. Si calcò bene il berretto di lana e a passi decisi si diresse verso il villino.

Era lì, davanti al cancello di ferro. Le braccia conserte.

Lo aspettava.

«Cazzo...», imprecò fra i denti. Decise di affrontarla a brutto muso. Le si piazzò davanti. «Bene, hai scoperto dove vivo, e allora? Si può sapere che vuoi? Che vuoi da me? Vuoi soldi? Eh, vuoi soldi? Non ce li ho!».

Ma la donna non rispondeva. Si limitava a fissarlo coi suoi occhi vuoti.

«Senti, è successo, ho pagato, basta così, partita chiusa. Vattene a casa e rifatti una vita! Io ci sto provando», mise la chiave nella serratura e aprì il cancello. Lo richiuse sbattendolo così forte che

caddero due pezzi di intonaco e il rumore rimbombò per tutta la via.

Nora lo guardò entrare in casa. Sorrise e si mise sotto il lampione.

Paolo Dainese si tolse il giubbotto. C'era profumo di arrosto, Donata gli andò incontro con un cucchiaio in mano. «Ciao amore, ti piacciono?», le
ciocche dei capelli erano passate dal viola al verde. «Come va?».

«Una merda!», le rispose e si infilò nel bagno.
Donata restò lì congelata. Non l'aveva mai visto
così. Si avvicinò alla porta. «Posso fare qualcosa?».

«No, non puoi fare niente», le gridò.

Sentiva l'acqua del lavandino. «Paolo, mi fai
preoccupare».

Ma quello non rispose. Attese che riaprisse la porta. Cercò di abbracciarlo ma lui si scansò. «Lascia
perdere», e andò in cucina.

Si era versato un bicchiere di rosso. Poggiato al
tavolo guardava un punto sul pavimento.

«Qualcosa è andato storto al lavoro?».

«No. Cioè sì, ma niente che non possa risolvere. Senti, mi vado a fare una doccia, ho preso una
tonnellata di freddo», e si scolò il vino. Le passò
accanto dandole un bacio veloce sulla guancia e salì
le scale.

Si tolse le scarpe, i pantaloni e il maglione. Poi
si avvicinò alla finestra.

Stava ancora lì e guardava fisso il villino.

«Stronza...», mormorò. Finì di spogliarsi ed entrò nel bagno. Aprì l'acqua calda e ci si gettò sfregandosi la pelle e il viso. Stai al freddo, stai! Resta lì a congelarti, sai che me ne frega?

Recuperare la calma era fondamentale, come se niente fosse. Donata non doveva sapere, tutto normale, una giornata come tante. Si asciugò e si rivestì col pigiama e un maglione. Non guardò fuori dalla finestra, scese direttamente in salone.

Donata aveva preparato due vassoi con la cena. «Va meglio?», gli disse.

«Sì, scusami, ho un po' litigato con il principale, ma niente che non si possa aggiustare. Sai una cosa, Dona'? Anche se uno ha pagato le sue colpe in questo Paese resti sempre marchiato a fuoco, questa è la verità».

Lo accarezzò. «Io lo so chi sei, e questo ti deve bastare. Mo' andiamo a mangiare che stasera c'è MasterChef!».

Presero i vassoi e si sedettero sul divano blu. Il televisore occupava un'intera parete. Paolo amava quella casa. Il tavolo di cristallo coi candelabri sopra, i quadri con le tigri, la credenza dorata e il parquet dappertutto. Come una bomboniera bianca e crema, ci si sentiva un re anche se era in affitto e l'arredamento tutta roba di Donata. Le guardò il profilo. Il naso a patata e quei capelli che cambiavano colore ogni tre giorni, le mani piccole sembravano due bignè. Aveva i denti bianchissimi, nessuno nella sua famiglia li aveva mai avuti di quel colore. Lo eccitavano da morire. «Che c'è?», gli chiese voltandosi. «Perché mi guardi?».

«Perché sei bella», le rispose. Lei gli sorrise e gli mise in bocca il pezzo di arrosto che aveva infilzato con la forchetta. «Non è che qui ci siamo fatti un'idea sbagliata? Inizia il programma».

«No no, guardiamo 'sti cuochi. Però dopo...».

«E dopo vediamo», rispose Donata con gli occhi furbetti.

Invece non ci fu niente da vedere. Era partito benone, ritmo cadenzato da far cigolare il letto e sbattere la testiera al muro. Poi l'eccitazione se n'era andata come fumo da una stanza, impossibile recuperarla, dovette arrendersi e lasciarsi andare nella sua metà del letto.

«Mi dispiace, Dona'...».

«Non è niente. Succede».

«Ma lo sai? Ogni tanto mi viene in mente il carcere e...», era la scusa che usava sempre quando le cose non giravano.

«Shhh, stai tranquillo...», lo baciò sul collo. «Lo so, è terribile». Il problema era che lei si sentiva eccitata, quell'interruzione improvvisa non riusciva a gestirla. Provò a carezzargli l'uccello per rianimarlo, ma quello rimase abbacchiato e riverso su un lato. Lui le prese la mano. «Dona'...», disse. Poi capì. Scivolò verso di lei e cominciò a baciarle la pancia. Scese ancora per leccarla finché Donata venne con un rantolo. Paolo ritornò al suo posto. Donata respirava profondamente e lui sperava solo nel sonno, suo e della compagna. Ma lei aveva voglia di parlare. «Ho pensato a una cosa oggi al negozio».

«Dimmi».

«Sposiamoci».

«Come, sposiamoci?».

«Sposiamoci. Io ho un'attività avviata, tu hai trovato un lavoro e vedrai che andrà sempre meglio, Alfonso è mezzo parente, non ti caccerà mai dall'officina. Cosa ci manca?».

Cosa ci manca? Che io facevo le rapine, che ho ucciso un ragazzo, ecco cosa manca.

«Facciamo il pranzo al Poggio, per pochi invitati».

«Conta che io non ne ho».

«Appunto, una cosa semplice, al Comune. Non vuoi dare una famiglia ad Andrea?».

«Chi è Andrea?».

«Lo chiameremo così, no? L'avevamo deciso».

«Ma perché tu...».

«No, ancora niente, però prima o poi... certo magari meglio di stasera, ma dai e dai», e scoppiò a ridere. Paolo ebbe voglia di unirsi a quella risata, ma nel cervello arrivarono gli occhi di Nora che glielo impedirono. Si limitò a stringerla. «Sei pazza», le disse.

«Sicuro che lo sono. Siamo pazzi, non credi? E poi 'sta casa ce la compreremo anche. Ti piace, no?».

«Sì, mi piace. È...», non gli venne l'aggettivo giusto. «È proprio una casa», disse.

Donata lo guardò, poi scoppiò a ridere. «E certo che è una casa, scemo».

«Non l'ho mai avuta. Una casa, io non l'ho mai avuta. Con mamma abitavamo in una specie di sottoscala che puzzava di pesce. Questa invece è proprio una casa vera. Col giardino, il tetto, due bagni e due camere da letto. In cella eravamo sei, al massimo ce ne potevano stare tre. E se è una bambina?».

«Che vuoi dire?».

«Se invece ci viene una bimba, come la chiamiamo?».

«Col nome di mia madre? Carolina!».

«Sembra una mucca!».

«Scemo!», gli mollò uno schiaffetto sul braccio e scoppiarono a ridere. «Come ti permetti? Carolina è un nome bellissimo».

«Sicuramente meglio di quello di mia madre. Enzamaria».

«Enzamaria? Meglio Carolina allora».

«Allora andata. Se è maschio Andrea se è femmina Genoveffa!».

Risero ancora. Poi Donata gli carezzò una guancia. «Mi ami?», gli chiese.

«Come?».

«Ti ho chiesto se mi ami».

«Direi di sì», e spense la lampada sul comodino.

Pasquale aveva chiuso le tende lasciando accesa solo la luce dell'ingresso e il lume vicino al pianoforte. Si sedette al tavolo e tirò fuori il fagotto dalla tasca. Aveva tremato per tutto il tragitto con quel peso, continuava a dirsi: Vedrai che adesso mi fermano. Stupidamente, perché in tutta la sua vita era stato fermato dai carabinieri solo due volte per un controllo. Era avvolta in un canovaccio a quadretti rossi. Sciolse i nodi e aprì il panno.

Calcio marrone corpo nero, il tamburo come le pistole dei cowboy ma la canna molto più corta. Aveva paura a impugnarla, a sentirne il peso. Allungò la mano e carezzò prima il metallo poi il legno del manico, alla fine si decise e la strinse alzandola dal tavolo. Leggera, la osservava rigirandosela davanti. Non aveva l'aria minacciosa e mortale, sembrava un giocattolo. Alzò il braccio, lento, la puntò sul quadro con le mucche al pascolo. Chiuse l'occhio destro e fissò il mirino. Provò a premere il grilletto.

Si bloccò e riguardò il tamburo, se mai si fosse sbagliato e l'arma era carica avrebbe bucato un'opera di Palizzi che apparteneva a suo nonno. Fece ruotare il tamburo, gli occhi vuoti delle camere di scoppio sembravano alveoli di denti appena estratti. Ripuntò l'arma. Fece forza sul dito indice. Troppa. Il grilletto scattò con una facilità che lo sorprese e lo spaventò. La poggiò subito sul tavolo.

Dunque era tutto lì. Una leggera pressione dell'indice su un pezzo di ferro e il gioco era fatto. Facile se punto un vecchio quadro di famiglia. Con il colpo in canna e guardando gli occhi di Paolo Dainese sarebbe stato tutt'altro. La riprese in mano. Luccicava alla debole luce del lume in fondo al salone. Non era un brutto oggetto, gli riportava alla memoria centinaia di film, di eroi che la sapevano usare. Emanava un odore di olio d'oliva, si chiese se era con l'extravergine che andasse lubrificata, ma non era un suo problema. Lui avrebbe sparato qualche colpo in montagna, l'ultimo sul bersaglio e poi l'avrebbe gettata nel porto. Cominciò a studiarla. Riuscì subito a sganciare il tamburo dove andavano infilate le cartucce. Aprì la scatola delle munizioni. Erano tutte in piedi come soldati, sembravano proiettili di cannone in miniatura. Ne prese una. Guardò il bossolo, il proiettile lucido e ricurvo, lo infilò in una camera di scoppio. Richiuse il tamburo. In mano ora non aveva più un oggetto inerte, l'aveva trasformato in un'arma letale. Una sola cartuccia e tutto era cambiato. Si spaventò e con le mani un po' tremanti riaprì il tamburo. Capovolse il revolver ed estrasse la cartuccia che cadde sul tavolo. La rimise nella scatola, poi riavvolse la rivoltella nel panno e ci fece due nodi. Ora andava messa in un posto dove Jana non avrebbe mai ficcato le mani. Escluse immediatamente la cucina e i bagni. Anche il salone coi cassetti era pericoloso. Pensò al pianoforte. E se quella quando non c'è nessuno lo suona di nascosto? Anche la camera da letto poteva essere preda della slava. Non gli restava che scendere in garage.

Si richiuse la porta basculante alle spalle. La moto Guzzi riposava sotto il telone grigio. La scoprì. Sollevò il serbatoio che ancora doveva fissare e infilò il pacco fra telaio e motore. Poi ricompose la moto che ricoprì nuovamente. Era al sicuro, poteva tornare a casa.

Si preparò un uovo e provò a chiamare Nora. Come sempre era staccato. Non la sentiva da ore. Doveva andare a vedere cosa stesse facendo, se si era cacciata in un guaio, se aveva bisogno di aiuto.

«Nora? Finalmente! Ce l'hai sempre staccato».

«Lo so», la voce della moglie si mischiava al rumore di auto che passavano.

«Ma dove sei? In autostrada? Stai tornando a casa?».

«No. Sto mangiando un panino in un bar sull'Adriatica».

«Ma che ore sono... le dieci? Dove sei, a Roseto? Vengo da te?».

«Ti prego, Pasquale, lasciami stare».

«Ti stai ficcando in qualche pasticcio?».

«Io no. Tu?».

«Nora, non è normale!», sbottò.

«Cosa?».

«Che sparisci così. Non mi dici dove vai, dormi fuori, a fare Dio solo sa cosa. Cos'hai in mente?».

Un clacson suonò due volte.

«È una cosa lunga, Pasquale, ci vorrà tempo».

«Ma per fare che?», urlò.

«Tu non ti preoccupare, fidati che nei guai non mi ci metto. Quando avrò bisogno di te ti chiamerò, stai tranquillo e ricordati le medicine».

«Non sto tranquillo».

«Amore mio, sto facendo la cosa giusta, credimi».

Amore mio.

Non lo chiamava così da anni.

«Ho... ho paura, Nora».

«Non devi. Dammi fiducia, vedrai, sarai felice anche tu. Ora va' a dormire che domani ti devi svegliare presto e pure io».

«Perché?».

«Devo essere pronta all'alba. È dura ma ce la faccio. Tu hai il negozio, no?».

«No», rispose, ma più per la stizza che dietro un pensiero reale.

«No? Non vai domani?».

«Apro ma poi... poi devo partire», l'aveva deciso in quel momento al telefono con la moglie che mangiava un panino in un autogrill sull'Adriatica alle dieci di sera.

«E dove vai?».

«Devo andare a Acquevive».

«A Acquevive? A fare che?».

«Mi hanno chiamato. Sta crollando il tetto e mi aspetta il geometra».

Nora sbuffò. «Ma perché non te la vendi quella casa? A che serve? Ai topi?».

«Nora, ma chi se la compra una casa sperduta? Al massimo la posso regalare».

«Almeno non ci paghiamo le tasse. Vabbè, guida piano che domani pare che pioverà tutto il giorno».

«Tu stai attenta».

«Lo sono. Buonanotte», e chiuse la telefonata.

Pasquale poggiò il cellulare sul comodino. Nora era lì fuori, da qualche parte; lui invece l'avrebbe voluta nel letto ad aspettarlo anche se si parlavano poco, anche se erano lontani come due pianeti e seguivano orbite diverse però una volta ogni tanto poteva capitare che riavvicinassero la loro corsa, come le eclissi, e a lui sarebbe bastato quel momento in cambio di mesi di solitudine.

Alle sette del mattino quando Paolo Dainese uscì di casa la donna era già lì a braccia conserte e lo osservava dall'altra parte della strada. Non le concesse neanche uno sguardo e tirò dritto verso l'auto. Dopo due tentativi l'utilitaria partì. Lasciò via Gioia diretto verso via Salara. Aveva passato la notte insonne girandosi nel letto tanto che a un certo punto Donata aveva afferrato cuscino e bottiglia d'acqua e s'era trasferita nella stanza degli ospiti. Non doveva darle tutto questo potere. Mi vuoi seguire? E seguimi, stronza. Mise la freccia verso la strada Adriatica. Alzò il volume della radio che trasmetteva una canzone di Irene Grandi. «Ma lasciati andare, segui il tuo cuore e arrivando alle stelle, prova a prendere quelle». Lasciati andare, lasciati andare, prima o poi si stancherà.

L'officina era ancora chiusa, di solito Alfonso era il primo ad arrivare e l'ultimo ad andare via. Parcheggiò l'auto e si incamminò.

Era già lì.

Come ha fatto? Sono in due?

Lo puntava con quegli occhi morti e sembrava non perdesse un solo movimento. Quando le arrivò a dieci metri le sorrise. «L'officina è ancora chiusa, le va un caffè?». Ma la donna non rispose. «No? Non ha freddo? Ha portato l'ombrello? Oggi minaccia pioggia». Come parlare a una mummia. «Vada a fare in culo», e attraversò. Arrivato alla porta di vetro la vide riflessa che attraversava la strada anche lei. Entrò nel bar e si avvicinò al bancone. «Carle', mi fai un caffè bello forte, per me e per questa signora...», si voltò, era dall'altra parte del locale. «Cosa prende?».

Carletto sorridente con la barba bianca si mise a preparare.

«Non prende niente? Che è venuta a fare?», poi Paolo richiamò l'attenzione del barista. «Mi segue...», gli disse in tono scherzoso.

«E si vede che le piaci», rispose quello. «Signora, che le preparo?».

Ma la donna non rispose.

«Boh», fece Carletto alzando le spalle. «Che le hai fatto? Non le hai aggiustato la macchina?», e depositò la tazzina. Paolo ci aggiunse lo zucchero. «Può darsi, o forse no. Sono strane le donne».

Entrarono due muratori già macchiati di calce e colori e distolsero l'attenzione di Carletto. Paolo bevve il caffè sotto lo sguardo attento della donna. Posò la tazzina e lasciò un euro in un piattino. Le si avvicinò. «Falla finita!», le ringhiò a bassa voce. «Falla finita e levati dal cazzo».

Nora osservava gli occhi bovini e arrossati circondati da occhiaie profonde. Venuzze rosse intorno alle narici e sulle guance.

«Ho capito che stai facendo, mica sono scemo, ma prima o poi ti stancherai, te ne torni a casa e mi fai fare la mia vita, capito?». Le poggiò il dito sul petto. «Altrimenti finisce che te ne penti, brutta stronza».

A Nora non faceva paura, al contrario le veniva da ridere. Più quello si arrabbiava più il buon umore aumentava.

Paolo si voltò verso Carletto. «Buona giornata», disse.

«Pure a te», gli rispose il barista.

Aprì la porta e uscì di nuovo in strada. Si voltò. Anche la donna era uscita dal locale. Attraversò ed entrò nel cortile dell'officina. Alfonso aveva aperto. Quando lo vide arrivare seguito dalla donna gli si spense il sorriso. «Ancora qui?», sussurrò. Paolo allargò le braccia ed entrò.

Alfonso guardò Nora che si era fermata lontano dal cortile dell'officina, sul marciapiede. «Signora?», disse. Ma poi non gli venne in mente nulla. Abbassò la testa ed entrò nel garage. Nora si appoggiò al cancello.

«Lo vedi che fa?», disse Alfonso a Paolo mentre si infilava la tuta. «Resta fuori dalla proprietà dell'officina, così manco posso chiamare i carabinieri. È sulla strada, suolo pubblico».

«Già».

«Ma tu mi devi dire che vuole, la verità».

«Alfo', non lo so che vuole, come te lo devo dire?».

«Non ti eri... sì, insomma, scopato la figlia?».

«Eh. Anni fa. Mi pare un po' tardi per reclamare qualcosa, no?».

«L'hai messa incinta?».

«Chi, la figlia? Ma figurati».

Poco convinto Alfonso si allontanò. Gli faceva pena vederla lì, al freddo, con le braccia conserte e in piedi ad aspettare chissà quale evento. E al fatto che Paolo si fosse scopato la figlia ci credeva poco o niente. C'era qualcos'altro sotto. Forse doveva chiamare Donata. Meglio di no, la storia non sarebbe andata per le lunghe.

Aprì la porta del garage e accese la luce, tolse la coperta impermeabile dalla Guzzi. Stava per sollevare il serbatoio quando alle sue spalle risuonò la voce di Danilo. «Mi ci fai fare un giro, zio? Mi ci fai fare un giro?».

Danilo accompagnato da Francesca si era affacciato sulla porta.

«Dani', ora zio ha da fare... Ciao Francesca».

«Scusa Pasquale... Andiamo, Danilo, che ci aspetta il medico».

«Voglio prova' la moto, io», entrò nel garage con il suo corpo enorme e sgraziato. Pasquale si fece da parte e lo guardò salire, attento che il serbatoio appena poggiato non si staccasse. Il ragazzo mise le mani sulle manopole. «Vroom», cominciò a urlare e a ridere.

«Poi quando zio l'aggiusta ti ci porta a fare un giro, vero, Pasquale?».

«Certo...», fissava il telaio. «Non girare il gas che si ingolfa», si raccomandò.

«Nora? È a casa?», gli chiese la cognata.

«Nora è... Attento, Danilo», il nipote fingeva di piegare come se stesse affrontando una curva.

«Vrooom, so' Valentino Rossi io!».

Il cavalletto tremava e scricchiolava. «Fai piano per favore, è delicata», soffriva, quel pezzo da museo sotto il peso di Danilo si lamentava e strideva a ogni movimento. E pensava al fagotto nascosto sotto il serbatoio con terrore.

«Piano, Danilo».

«Vrooom, scatrash!». Il ragazzo si voltò, due rivoli di saliva colavano dalla bocca. «Ho messo sotto un gatto, mi sa!».

Pasquale controllò il pavimento del garage con le mani ai fianchi. «No, non mi pare».

«Ho detto che ho messo sotto un gatto! Rosso!».

«Avanti, Danilo, ci aspetta il dottore».

«Scendo a vedere», scavalcò la moto e la gamba si agganciò al serbatoio in precario equilibrio. Cadde a terra insieme al serbatoio. «Mannaggia, Dani', lo vedi?».

Pasquale cercò di rialzarlo. L'involto con la pistola scivolato via dal nascondiglio adesso era visibile, infilato nel vano del motore. Danilo non ne voleva sapere di alzarsi e si aggrappò al serbatoio. «Sono caduto, sono caduto! Incidente, incidente!», urlava mentre Pasquale cercava di strappargli via il grosso contenitore di metallo.

«Lascialo, Danilo», urlò la madre.

«Voglio fare un giro io!».

All'improvviso mollò il serbatoio, distese gambe e braccia e rimase supino a terra cominciando a tremare come attraversato dalla corrente elettrica.

«Oh Santa Madonna». Francesca si avvicinò alla testa del figlio. «Aiutami, Pasqua', tienigli ferme le gambe! Mo' si ingoia la lingua!», gli infilò le mani in bocca. Pasquale si sedette con tutto il suo peso sulle ginocchia del nipote che preso da una convulsione irrefrenabile tremava e scalciava con una forza selvaggia. Aveva gli occhi rigirati all'indietro e cacciava bava dalla bocca bagnando le mani della madre. «Calmati, Danilo, calmati!».

Cercava di tenergli anche la testa ma quella rimbalzava sul pavimento con un orrendo suono percussivo e vuoto. Pasquale si sforzava, sudava, ma i calci del nipote erano peggio di quelli di un mulo.

«Danilo, calma, calmati!».

La gamba destra si liberò dalla presa dello zio e scalciò la moto con una potenza tale da farla cadere di lato dal cavalletto. Si spaccò lo specchietto laterale, il vetro del faro si crepò, l'involto con la pistola scivolò sul pavimento.

«Tienilo!».

«Ci sto provando, France'!». Pasquale guardava con orrore il canovaccio annodato, ora in bella vista. Danilo non sembrava calmarsi. Francesca urlò e tirò fuori una mano insanguinata dalla bocca. A Pasquale venne voglia di prendere a schiaffi quell'energumeno per tentare di farlo calmare. «Stai fermo, perdio, fermo!», ma era inutile, la crisi era al suo apice. Francesca con una sola mano stava tenendo la lingua al figlio, l'altra poggiata a terra lasciò un'impronta rossa sulle mattonelle bianche. «Ti fa male, Francesca?».

Quella annuì trattenendo le lacrime. Pasquale riuscì a catturare la gamba destra ma la scossa tellurica di quel mastodonte non si placava.

«No, Dani', no», Francesca stava piangendo, forse per il dolore alla mano o forse per disperazione. Ancora due sussulti poi la crisi passò. Danilo restò steso a terra con gli occhi chiusi respirando a fatica. Francesca si alzò cercando qualcosa nella borsa.

«S'è calmato?».

«Hai un fazzoletto, Pasqua'?».

«Eh? Aspetta!», si alzò e andò ad aprire i cassetti del suo piano lavoro. «Forse qui ho qualcosa».

«Non preoccuparti, ho trovato».

Pasquale si voltò. Francesca aveva in mano il canovaccio con dentro la rivoltella. «Pesa...», disse. E se lo poggiò sulla mano ferita. «No, Francesca, no, quello no!».

Ma la donna aveva già sciolto i nodi. «Ti poggio la roba sul tavolo, che sono, cacciaviti della motocicletta?». Poi sbiancò. Alzò lo sguardo verso il cognato. «Che...».

Con due passi Pasquale la raggiunse e le strappò di mano il pacchetto. «Non toccare!», mise la pistola nel cassetto insieme alle munizioni e allungò lo straccio alla donna. Danilo a occhi chiusi respirava profondamente, sembrava sorridere.

«Che c'era lì dentro?».

«L'hai visto».

«Perché ce l'hai?».

«Perché se qualcuno torna al negozio non finisce come con Corrado».

Francesca si avvolse il panno intorno alla mano. «È... è carica?».

Pasquale annuì.

«E come mai la tieni in garage?».

«Oggi la porto al negozio».

Francesca si chinò sul figlio. «È pericoloso».

«Se uno ha cattive intenzioni sì».

«Anche per te, magari la tiri fuori e quello spara per primo».

«Magari».

Danilo riaprì gli occhi. Stralunato sembrava chiedersi cosa ci facesse lì a terra. «Forza Danilo a mamma, forza». Aiutata da Pasquale lo mise a sedere. Danilo aveva sangue sui denti e un rivolo misto a saliva densa gli colava sul mento. Respirava a fatica. «È... è passata?», chiese Pasquale guardando prima il ragazzo negli occhi poi la cognata.

«Direi di sì». Francesca si alzò e prese il cellulare dalla borsa. «Fammi chiamare il medico che abbiamo un po' di ritardo... qui non c'è campo». Uscì dal garage. Pasquale rimase accovacciato davanti al nipote che tentava di respirare e con un sorriso ebete lo guardava fisso. «Hai fatto un casino, Danilo. Sulla moto non ci sali più e il giro te lo puoi sognare».

«Caduto», disse.

«Sì, e di brutto pure».

«Io vado in moto».

«No, tu non vai in moto».

Danilo si tirò su e arrivò a pochi centimetri dal viso dello zio. «Io vado in moto ho detto!».

L'alito pesante misto a sangue gli chiuse lo stomaco. «Sta' buono, Danilo».

«Io vado in moto fortissimo, ho preso il gatto!». Filamenti di saliva gli coloravano il mento. Fra gli incisivi piccole macchie di sangue. Ora Danilo non sorrideva più, era diventato serio, il respiro regolare e pesante, gli occhi sbarrati. «M'hai fatto cadere!».

Solo allora Pasquale notò che il nipote aveva in mano una chiave inglese, chissà dove l'aveva presa. «Va bene, Danilo, ora calmati», si allontanò strisciando indietro il sedere. Danilo alzò il braccio minaccioso. «Vado in moto!».

«Noo», gridò Pasquale e si riparò il volto con le mani. Danilo menò un colpo sulla spalla dello zio. Pasquale urlò dal dolore, poi gli afferrò il polso. «Lascia 'sto coso, Danilo!».

Il ragazzo non mollava. Restava lì, fermo a guardare Pasquale. «Lascialo, ho detto!». Finalmente Danilo aprì la mano e l'attrezzo cadde a terra con un rumore metallico.

«Non... sono stato... io», disse Danilo come risvegliato da un brutto sogno. Pasquale raccolse la chiave e la gettò lontano. «Deficiente... sei un cazzo di deficiente», ringhiò. Il dolore alla spalla arrivò silenzioso.

«Io vado in moto e non cado più?».

«No, tu non vai in moto».

«Vado in moto, vrooom! E non cado mi sa!».

«Ma perché sei vivo? Eh? Non potevi morire tu al posto di Corrado? A che servi? Solo a far disperare tua madre e a rovinarle la vita?», si guardò la clavicola tirando giù il colletto del maglione e della camicia. Era solo un po' arrossata. Alzava il braccio, chiudeva e apriva la mano a controllare che le articolazioni funzionassero ancora. La cognata era sulla porta del garage col telefonino in mano e gli occhi terrorizzati. Pasquale toccandosi la spalla la guardò. «Scusa, Francesca, non intendevo...».

La donna prese per mano il figlio. «Vieni, Danilo, andiamo».

«Francesca!».

«Andiamo, il medico ci sta aspettando».

«Non volevo dirlo, credimi... mi ha dato una botta con la chiave inglese sulla spalla e non ci ho visto più». Pasquale si alzò. «Mi ha fatto un male boia!».

Il ragazzone si rialzò strattonato dalla madre. «Muoviti, Danilo!».

«Francesca, per favore ascolta».

«Io vado in motooo».

I due si allontanarono. Danilo si voltò e lo salutò con la mano. Poi Francesca lo mollò e tornò indietro a passi rapidi. «Mi fai schifo, Pasquale, schifo! Solo tu soffri? Eh? Solo tu?».

«Ti prego, te l'ho detto, mi ha aggredito e...».

«Tu e mia sorella state al centro del mondo. Non siete i primi, e non sarete manco gli ultimi a cui succede una cosa del genere!».

«Non me ne frega niente di essere l'ultimo o l'unico, non faccio la gara a chi soffre di più, non è che il dolore uno lo pesa», le rispose.

«Allora convivici. Convivici, oppure visto che ce l'hai sparati tu un colpo alla tempia. Uno tu e uno mia sorella!».

Recuperò il figlio e insieme uscirono verso la luce della rampa del passo carrabile.

«Ma vaffanculo!», le disse a bassa voce. «Ammettilo, Francesca. Di' la verità».

«Quale verità?».

«Che se fosse morto la tua vita sarebbe migliore. Forse stavi ancora con tuo marito, Danilo è solo un peso, ma non hai il coraggio di ammetterlo che staresti meglio».

«Non ho il coraggio perché non è vero!».

«Bugia!».

«Non è vero», riprese la mano del figlio. «Questo è mio figlio, lo so che per te è difficile da capire, ma è mio figlio!».

«E fino a quando? Fino alla prossima crisi? Fino a quando ti spaccherà in testa una bottiglia o ti infilerà un cacciavite nello stomaco? Ho esagerato, può essere, ma io ho il coraggio di dirle le cose, tu no».

«Quello che provo io», gli urlò dalla rampa del garage, «lo so io e soltanto io. Stronzo!», e sparì.

Pasquale toccandosi ancora il punto dolorante guardò il garage. Sembrava la scena di un crimine. La moto a terra, i vetri dello specchietto in tanti pezzi, l'impronta di una mano rossa di sangue sulle mattonelle. Si andò a specchiare al lavandino ad angolo che serviva per sciacquare pennelli e acquaragia. Aveva i capelli arruffati, le gote rosse. Si tolse il maglione e la camicia e controllò il danno. Una macchia rosso scuro era apparsa sulla pelle. «Ma guarda tu...». Era importante rimettere tutto a posto, pulire il pavimento e lasciare il garage immacolato come se niente fosse successo. Questo per gli oggetti. Per le parole non funzionava così, e Pasquale lo sapeva. Le parole dette ormai erano volate via, sapeva di non poterle più rimettere a posto. Per questo odiava parlare e mai avrebbe potuto fare l'avvocato, non c'era ordine nelle parole, non si riusciva a catalogarle, etichettarle, irreggimentarle. Volavano e non sapevi mai quali sarebbero uscite e quali rientrate, se avrebbero portato dolore, ansia oppure gioia e sollievo. Per Pasquale le parole erano delle mine vaganti. All'improvviso ti esplodevano in faccia e lasciavano segni indelebili per anni. Meglio i silenzi, che spesso sapevano spiegare i pensieri e gli accidenti della vita.

Paolo con una bolletta in mano uscì dall'officina e si incamminò sul marciapiede. Nora lo seguì fino all'auto. Paolo ci entrò dentro e le mostrò le chiavi. «Corrimi dietro», le disse e con un sorriso accese il motore e partì. Fece una pericolosa inversione a U sull'Adriatica scatenando qualche clacson, poi si allontanò verso il paese. Passando davanti alla donna che tornava al garage le mostrò il dito medio, ma quella non reagì.

Gli venne da ridere in macchina, picchiò la mano sul volante due volte. «E vediamo se alla fine ti stanchi», disse accendendo la radio. Doveva solo andare alle poste a pagare le bollette che Donata dopo quella notte da schifo gli aveva consegnato, ma essersi liberato di quell'ombra lo faceva sentire meglio. Poi a pranzo sarebbe restato in paese a mangiare un hamburger e con calma di nuovo al garage.

Ebbe difficoltà per il parcheggio, alla fine lo trovò quasi sul lungomare. Un breve tragitto a piedi e arrivò all'ufficio postale. C'erano una decina di persone. Prese il biglietto e si mise seduto ad aspettare. Scorreva il cellulare. Guardava i siti per le scommesse. Aveva deciso di azzardare e puntare sulla sconfitta del Milan in casa del Bologna. Lo davano perdente a 3.5. E voleva anche piazzare il pareggio dell'Inter a Torino. Su WhatsApp nessuna novità, a parte Elio, un compagno di cella, che continuava ad assillarlo. Cercava lavoro, da lui in Basilicata non ce n'era e gli chiedeva se su in Abruzzo poteva trovargli qualcosa. «C'è posto in garage da te?», gli scriveva.

Scuotendo la testa chiuse il cellulare e guardò il

monitor per capire a che numero fossero. Al 78, e lui aveva l'82.

Poi la vide vicino alla porta d'ingresso che lo fissava.

Come aveva fatto? Sempre lì, con gli occhi morti, non perdeva un movimento. Poi capì, forse aveva visto le bollette che portava in mano quando era uscito dall'officina.

«Cazzo...».

Poteva andare ai carabinieri a dire: «Quella mi dà il tormento, mi segue»? Gli avrebbero chiesto chi fosse quella signora, e uscita fuori la verità la situazione per lui sarebbe peggiorata. Non era neanche così sicuro che stesse commettendo un crimine. Decise di ignorarla e si mise a guardare gli sportelli, le altre persone in attesa, lesse tutti i manifesti pubblicitari delle poste italiane su pensioni e investimenti, scoprì anche che poteva fare un contratto vantaggioso per il suo cellulare. Finalmente l'82 apparve sul monitor. Sbrigò la faccenda e uscì dall'ufficio passandole accanto. Si fermò e tornò indietro. «E quando vado al cesso», le disse, «che fa? Viene pure lì?». Non aspettò la risposta, tanto non sarebbe arrivata, e si incamminò verso la macchina. Di mangiare l'hamburger gli era passata la voglia, preferì tornare in officina, prendersi un panino al bar di Carletto e rimettersi a lavorare. Ma con sua grande sorpresa, quando tornò al garage, della donna non c'era traccia.

Col carrello davanti al banco dei surgelati Donata osservava e non si decideva. La pizza rettangolare pareva buona, con le alici e la mozzarella, anche se aveva imparato da anni che mai l'illustrazione sulla scatola coincideva col prodotto, però quella senza glutine sembrava più sana. Anche lì c'erano la mozzarella e il pomodoro. A confrontare i prezzi però quella senza glutine fatta in Germania costava il doppio di quella rettangolare fatta in Italia. E da quando in Germania sanno fare le pizze? Scelse quella normale, col glutine, italiana e apparentemente molto più appetitosa. Aprì il frigorifero e ne prelevò due confezioni. Aveva deciso di comprare anche il gelato. Era inverno, e d'inverno al massimo davanti alla televisione si mangiano le patatine, ma la vaschetta crema e zabaione era lì che la guardava da un pezzo. Gettò anche quella confezione nel carrello. Era incredibile come si fosse riempito. Era entrata per due sciocchezze e si ritrovava con una scorta alimentare buona per un monastero. Una volta aveva sentito un dibattito in televisione. Un esperto di marketing aveva spiegato che i supermercati sono studiati proprio per questo, per farti riempire il carrello oltre l'inverosimile. I prodotti sono disposti nelle scansie per quello scopo, dalla posizione ai colori, per attirare il consumatore, fargli venire la voglia di comprare cibi di cui non ha bisogno. E se guardava il suo carrello i tre quarti degli acquisti erano inutili. Croissant per la colazione, Nutella, tre pacchi di cracker, i grissini col sesamo, ma quando mai li mangio?, due flaconi di sapone alle prugne. Alla fine del corridoio dei surgelati con una borsa di plastica appesa al gomito una donna la osservava. A Donata pareva di conoscerla. I capelli biondi... certo, si disse, t 26, la stronza che non le si possono toccare i capelli! Stava lì, sembrava congelata, la osservava senza espressione. Ebbe la sensazione che la stesse studiando. Non era piacevole avere quegli occhi addosso, due raggi X che la scandagliavano fin dentro i pensieri. Ebbe un brivido. Girò il carrello e proseguì verso i prodotti per la casa. Mi serve solo il detersivo per la lavastoviglie. Poi si diresse alle casse. Non c'era molta fila per fortuna, prese il portafogli dalla borsa e attese il suo turno. La donna era in fila anche lei, tre casse più in là, non la perdeva d'occhio.

Che vuoi? Che ti guardi? Forse era offesa per come l'aveva salutata alla fine? La cafona sei stata tu però, io mi sono comportata bene. Certo lo sconto non gliel'aveva fatto. Non era di lì, le parve di ricordare che aveva dichiarato di essere a Roseto per lavoro. E allora perché fai la spesa? Cominciò a mettere i prodotti sul nastro trasportatore. «Ciao Donata», le disse la cassiera che serviva un vecchio con la coppola.

«Come stai, Rosa?».

La donna passava i prodotti sullo scanner che emetteva dei beep. «Così... sto. Devo fare un salto da te», e si indicò i capelli, «guarda che disastro».

«I bambini?».

«Quant'è?», chiese l'uomo davanti a lei.

«Dodici euro e quaranta», gli rispose Rosa. «Vuole la busta?».

«No», e il vecchio alzò una sporta di plastica. Pagò e cominciò a riempirla.

«I bambini stanno bene. Mio marito invece ha la pressione un po' alta».

Quella continuava a guardarla, in attesa del suo turno, senza un sorriso, senza un accenno. Un viso neutro, freddo, spaventoso.

«Dona'?».

«Eh?».

«Vuoi buste?».

«Sì, dammene quattro», le disse. Sudava e detestava che quella signora avesse il potere di farla sentire in colpa. Ma in colpa di che? Che ho fatto?

Voleva sbrigarsi, uscire dal supermercato e seminarla, soprattutto togliersi quegli occhi di dosso, neanche fossero delle lame di coltello.

«Allora sono novantotto euro e cinquanta».

Allungò il bancomat alla cassiera e digitò il PIN.

«Vengo settimana prossima. Mi fai un bel colore però».

«Eh? Sì, certo Rosa, sicuro».

Nervosa infilava i prodotti nelle buste. Una si ruppe. Alzò gli occhi al cielo.

«Aspetta Dona', te ne do una nuova. Gratis», e le sorrise.

«Grazie!».

Anche t 26 stava pagando. Doveva darsi una mossa. «Se ti lascio qui il carrello fa lo stesso?».

«E l'euro?».

«Regalo», fece Donata, si caricò le buste e scappò via dal supermercato.

«Donata, i bollini!».

Ma era già lontana.

Fuori al buio si affrettò verso casa. Si voltò a guardare la doppia porta automatica dalla quale uscì una signora col figlio. Ancora dieci metri e avrebbe svoltato verso casa sua, t 26 non l'avrebbe vista. Poco prima di girare l'angolo volle assicurarsi con un'occhiata alle spalle. Era lì, davanti all'uscita, si stagliava nel buio illuminata dai neon del supermercato con la borsa di plastica in mano che non le toglieva lo sguardo di dosso. Le si gelò il sangue. Non riusciva più a muoversi. Poi quella se ne andò nella direzione opposta. Donata tirò un sospiro.

Ma tu pensa questa.

E riprese la via di casa.

Pasquale quella notte non dormì. Attese l'alba guardando il mare dalla finestra del salone. La vita mi sta scivolando fra le dita, peggio della sabbia. Per ritrovare Nora sarebbe bastato andare fino in fondo. Se Paolo Dainese non ci fosse più, Nora a quest'ora sarebbe a casa da me, nel nostro letto, e forse, chissà, potremmo recuperare una parvenza di vita. Il sole rapido si alzò dal mare, come se dopo un'apnea avesse avuto bisogno di prendere respiro. Pasquale percepì la luce e il calore sulla pelle del viso, strinse gli occhi e si alzò dalla poltrona. La schiena gli doleva, e anche le gambe. Tocca a me!

Impiegò un'ora e quaranta per arrivare a Taranta Peligna. Aveva trovato pioggia all'altezza di Guardiagrele. La Maiella, imponente, con le cime bianche, metteva freddo solo a guardarla. Il paese era deserto, neanche un'auto parcheggiata. Si fermò a un negozio di alimentari per prendere due panini e un po' di prosciutto, poi proseguì verso i boschi. La strada era sformata dal gelo e dalle piogge, l'auto sobbalzava di continuo. Un vento deciso piegava gli alberi e le piante. La mente gli tornava al garage e al nipote, a quella frase che gli era sfuggita. Mi ha aggredito, quello ha fatto cadere la moto, la Guzzi di papà, e la pistola è scivolata fuori dal nascondiglio. Nessuna scusa reggeva: l'aveva detto e quel che è peggio era che Francesca l'aveva sentito. Sono un mostro, un razzista, un essere putrido. Ma se qualcuno mi facesse la domanda come a Pilato: vuoi vivo Danilo o Corrado?, rispondo Corrado, senza neanche pensarci. Avrebbe barattato volentieri la vita di chiunque con quella di suo figlio. La sua, quella di Nora, di Francesca, di Danilo. Restava il fatto che lui l'aveva urlato in faccia solo a Danilo e a nessun altro. Perché era un mezzo deficiente, perché in fondo, da qualche parte nella sua coscienza era forte la convinzione che la vita di suo nipote valeva meno della vita di qualsiasi altro essere umano. Convivere con quel pensiero non era facile, aveva scoperto quel piccolo nucleo esplosivo che molti esseri umani hanno che se eccitato e innescato si spacca, deflagra e ci fa dare il peggio di noi; ci trasforma in belve che si scagliano addosso ai diversi, ai deboli, agli emarginati. E fra un po' considererò l'eugenetica come una ricerca non del tutto disprezzabile.

«Faccio schifo», disse imboccando la sterrata che portava alla casa di montagna dei suoi. «Sono un nazista di merda, ecco cosa sono, un vigliacco».

E se invece è una difesa? Se comincio a dare pe-

so alla vita degli altri perché non tutte le vite sono uguali? Una scala di valori che mi aiuti a fare
quello che devo fare? La vita di Danilo, la vita di
Paolo Dainese valgono meno delle altre. Che avesse messo in atto un processo valutativo per schi-
vare i diktat che la paura e il rispetto per gli altri
imponevano? Come avrebbe fatto a premere il
grilletto altrimenti?

Due curve in mezzo al bosco e finalmente vide
il cancello. C'era ancora la catena avvinghiata come un serpente intorno alla serratura. La casa a
due piani una volta era rosso pompeiano, umidità
crepe e piante l'avevano ingrigita e spaccata in più
punti. Le imposte chiuse, screpolate dal tempo, non
erano più verdi e le erbacce avevano soffocato le
piante e i fiori che suo padre aveva piantato negli anni. Il lucchetto arrugginito cedette al terzo
tentativo e liberò la catena. Le ante del cancello
però non si muovevano, incastrate dai rampican-
ti. Strappò l'edera, col tacco della scarpa smussò
la cunetta di terra e fango e il cancello cigolando
si aprì. La spalla non faceva più male, sembrava
che la confezione surgelata di pisellini primavera
avesse risolto il problema. Entrò con la macchina
nel vialetto una volta pieno di breccia, adesso un
manto d'erba muschiosa verde e secca lo nascon-
deva alla vista. La porta di casa era impolverata e
in basso aveva perso la vernice. Ci mise un po' a

trovare la chiave giusta. Non entrava in quella casa da anni.

I mobili coperti da lenzuola ormai grigie se ne stavano spettrali in mezzo al salone. Poteva riconoscere il tavolo, le poltrone e anche il vecchio televisore. La credenza l'avevano portata ad Ancona, regalata alla cugina di Nora, al suo posto sulla parete era rimasto un grande alone rettangolare. C'era puzza di muffa e a terra escrementi di topi e bucce di nocciole vuote un po' dappertutto. I piani della cucina erano coperti da uno strato di polvere terrosa, il vecchio frigorifero aperto s'era arrugginito sulle ante. Salì le scale per visitare le camere da letto. La prima era quella dei suoi genitori, anche lì lenzuola ingrigite ricoprivano letto comodino e armadio. Spalancò le ante della finestra per far entrare la luce. Ragnatele nere tremavano sugli stipiti e negli angoli della camera. Si pulì le mani e passò alla seconda stanza, quella che usavano lui e Nora. Il letto d'ottone e l'armadio, i comodini col marmo, aprì le imposte. Restava la terza camera, quella in fondo al corridoio. Ci dormiva Corrado quando era piccolo. Di tutta la mobilia era rimasto solo un manifesto dei Radiohead sulla parete che ospitava il letto. Una lama di luce penetrava dall'alto. Sul pavimento c'erano piume di piccioni miste a guano. Inventando la bugia per Nora non era andato troppo lontano dalla realtà, c'era una fessura nel tetto fra le pietre accanto ai murali di legno, si vedeva un pezzo di cielo, tutto rischiava di venire giù da un momento all'altro. Non poteva rimanere a dormire in mezzo a quell'abbandono sporco e deprimente. C'era puzza di morte in ogni angolo, di vita vissuta e perduta, passata come un treno che non torna più. Richiuse le finestre e tornò al piano di sotto. Con uno strappo tolse il lenzuolo dal tavolo. Si alzò una nuvola di polvere che lo fece tossire. Il legno era tarlato. Si sedette e aprì la busta di plastica che aveva sostituito il canovaccio sporco di sangue di Francesca abbandonato in garage. Il revolver e le cartucce erano davanti a lui.

Sei venuto per questo, dunque datti da fare.

Infilò i proiettili nel tamburo. Ora la pistola sembrava molto più pesante. La teneva con due mani, la canna puntata in avanti. Si guardò intorno e la alzò lentamente. Chiuse un occhio e mirò al divano. Lento tirò il grilletto. Lo scoppio lo fece sobbalzare. Dal buco nel lenzuolo si alzò un filo di polvere.

Aveva sparato. Andò a controllare il danno. Scoprì la spalliera. Sul tessuto giallastro ammuffito c'era un buco grosso quanto una moneta da dieci centesimi. Il proiettile doveva essere lì dentro incastrato fra imbottitura e molle. C'era un odore strano nell'aria, gli venne in mente la parola: cordite, così la descrivevano i romanzieri americani, l'odore della polvere da sparo. La pistola non aveva avuto nessun rinculo, era stato semplice, addirittura gli era sembrato che il colpo uscisse non dalla canna ma dalle sue dita. Fece tre passi indietro, puntò ancora il divano e tirò il grilletto, stavolta mantenne gli occhi aperti. Un altro buco, un altro filo di polvere. Poi sparò alla finestra fracassando il vetro. Gli altri tre colpi li scaricò sul vecchio frigorifero.

Cazzo, è divertente.

Ricaricò il tamburo. Contò i proiettili. 52. Meno 6, 46. Aveva 46 colpi da distribuire per tutto il villino. Salì le scale per andare nelle camere da letto. Al sesto colpo sparato sul letto dei suoi genitori si bloccò.

Devo sparare a una cosa vivente. Un conto era sforacchiare mobili e fracassare vetri, altro era togliere la vita, vedere il sangue e la morte. Era il prossimo passo, prima dei colpi definitivi, ma in casa esseri viventi a parte lui non ce n'erano.

«Mi piace la pausa pranzo insieme», e Donata addentò il triplo hamburger al formaggio.

«Ho avuto una bella idea, no?», le rispose Silvana. Paolo mangiucchiava le patatine senza troppo trasporto. A Donata il locale piaceva, imitava i caffè americani, quelli che si vedono nei film dove gli attori mangiano uova e bevono caraffe di caffè seduti al banco. Tavoli sedie e bancone richiamavano gli anni '60, colori sgargianti e finta pelle sulle imbottiture. Alle pareti gli stemmi della Harley Davidson, manifesti dei fumetti Marvel, pubblicità della Coca-Cola, un juke-box all'angolo, su ogni tavolo c'erano le bottigliette rosse e gialle di senape e ketchup. Dava la sensazione di essersi fermati in una tavola calda sulla Route 66 o sul set di *Happy Days*, invece eri sull'Adriatica a Roseto; ma non aveva importanza, quel posto le metteva allegria. Era pieno come un uovo, un po' la novità un po' la bontà di hamburger e patatine, molto meglio dei fast food. I panini erano delle torri farcite e le bibite gelate. Anche la musica era piacevole. Niente hip hop, reggaeton o trap ma Eagles e rock 'n' roll. «Come ti è venuto in mente?», le chiese Paolo che ora si limitava a osservare le patatine. «Così, lavoriamo sempre, almeno mezz'ora insieme, no?».

«Giusto». Silvana si pulì la bocca sporca di salsa rosa.

«Io e Silvana abbiamo avuto un'idea per quest'estate».

Paolo si mise in ascolto bevendo un sorso di Coca-Cola.

«Abbiamo pensato, no? Perché andare 15 giorni in qualche albergo triste in Italia dove paghiamo un sacco di soldi e mangiamo pure male?».

«Già». Donata succhiò rumorosamente dalla cannuccia.

«Allora», proseguì Silvana, «noi quattro, cioè io, voi due e Michele, prenotiamo una settimana a Sharm el-Sheikh, mare splendido, barriera corallina, si mangia benissimo...».

«E mica si spende tanto», aggiunse Donata. «Una settimana compreso il volo seicento euro a testa. Se prenotiamo ora abbiamo anche un piccolo sconto».

Paolo annuì. «In Egitto?».

«Sta lì Sharm el-Sheikh».

Al tavolo accanto tre uomini in giacca e cravatta parlavano ad alta voce dei nuovi acquisti della Juventus. Dietro di loro due ragazze coi capelli lunghi, ognuna impegnata a scrivere qualcosa sul cellulare, ridevano sotto i baffi. «Che devo dire? Mi sembra una buona idea...». Poi la vide. Tavolo in fondo, vicino ai bagni. Stava lì e lo guardava masticando lenta. Il sangue gli salì alla testa. «Che hai, Paolo?», gli chiese Donata.

«Eh? No, niente».

«Niente? Stavi dicendo allora?».

«Che... sì, l'Egitto, ma non c'è pericolo?».

«Di che?», gli chiese Silvana.

Non gli staccava gli occhi di dosso mentre si puliva le mani con un tovagliolino di carta, lenta, metodica, un dito alla volta.

«Che pericolo, Paolo?».

«Eh?», tornò a guardare Donata e Silvana. «L'Egitto, dico, no? I terroristi».

«Ma figurati!». Silvana posò il panino e continuò a parlare con la bocca chiusa. «A parte che i resort sono straprotetti... guardie armate...», ma Paolo non l'ascoltava più. Aveva voglia di alzarsi, andare da quella donna, mollare un pugno sul tavolo e guardarla fisso negli occhi, scacciarla dal bar, magari darle anche un ceffone.

«... poi l'Egitto si regge sul turismo. Non credo proprio che attacchino chi gli porta i soldi, senza contare che...».

Mi vuoi togliere l'aria? Rendermi la vita un incubo? Chi ti dà il diritto di fare una cosa del genere?

«Ci sono pesci che non hai mai visto, colorati, buffi. Tipo Nemo...».

«Scusate, vado al bagno». Paolo si alzò dal tavolo. Silvana guardò Donata. «Non mi pare entusiasta».

«Fa sempre così, poi una volta che è lì vedrai che non vorrà più partire. Ah, ti faccio vedere l'offerta del viaggio», e prese il cellulare.

Paolo attraversò la sala. Si avvicinava al tavolo di Nora senza staccarle gli occhi di dosso. Lei stava lì, pallida, tranquilla.

«Per quanto tempo hai intenzione di andare avanti?», le chiese con le due mani poggiate sul tavolino. Per tutta risposta Nora si portò il bicchiere d'acqua alla bocca.

«Non hai niente da fare? Una casa? Un marito? No? Mettiti in testa che io ho pagato il debito, mi sono fatto la galera, e ora vivo, che tu sia d'accordo o meno. Cos'è, vuoi le mie scuse? Le vuoi?», fece una smorfia. «Mi scusi, signora», poi si staccò dal tavolo. «Va bene così? Contenta? Ora levati dal cazzo e tornatene a Pescara».

Nora si alzò lenta. Prese il portafogli, lasciò venti euro sul tavolo e rimase a guardarlo per qualche secondo.

«Mi fai pena», la provocò. Lei lo superò senza cambiare espressione. «Vaffanculo, vecchia rincoglionita», ringhiò Paolo e se ne andò al bagno.

Nora invece attraversò tutta la sala puntando il tavolo di Donata e Silvana che stava guardando qualcosa sul cellulare. Quando la vide Donata sbiancò. Nora passò vicino al tavolo senza staccare lo sguardo e Donata si sentì schiacciata da un peso opprimente e incassò la testa nelle spalle. Spaventata non muoveva un muscolo, solo gli occhi per seguirla fino alla porta. Poi Nora uscì e sparì dietro l'angolo.

«Che hai?», le chiese Silvana.

«Eh? No, niente. Ti ricordi...? No, niente, niente. Allora come ti sembra l'albergo?», e buttò

176

un'occhiata fuori. Per poco non ebbe un mancamento. La donna era vicino alla vetrina, a neanche mezzo metro da lei, in strada. Alzò una mano e la salutò.

«Chi è?».

«Quella è pazza», mormorò Donata.

«Ma non era venuta al negozio?».

«Già. Non so che vuole da me. Mi guarda e mi segue».

«Forse è lesbica», e scoppiò a ridere.

Paolo tornò al tavolo. Donata gli afferrò l'avambraccio. «Paolo, senti Paolo, c'è una cosa che... una donna che mi segue».

«Ti segue?».

«È venuta al negozio, ieri era al supermercato. Mi guarda e non dice niente. Oggi era qui, è uscita poco fa».

«E che ti ha detto?».

«Niente, non mi dice niente. Era venuta al negozio qualche giorno fa, io sono stata un po' brusca, ma niente, poi se n'è andata, non lo so che vuole da me».

«Si sarà innamorata», fece Paolo e scoppiò in una risata forzata seguito da Silvana. «Anche secondo me», fece la ragazza.

«Allora 'st'albergo?».

Entusiasta Silvana gli allungò il cellulare. «Cinque stelle, piscina, sauna, e guarda il buffet, roba di prima classe. Mangi finché ne vuoi. All you can eat!».

Si era aggirato fra alberi, cespugli e improvvise radure per più di un'ora schiaffeggiato dal vento con la paura di incontrare qualcuno. Ma non aveva avuto occasione di provare il revolver su qualcosa di vivo. Sperava in un topo, anche in uno scoiattolo, come se fosse facile centrarli, pensava, ma gli unici animali che incontrò furono quattro pecore dietro una recinzione e non gli sembrò il caso di sparargli. Come anche al cane che abbaiando gli era corso incontro. Una sola volta aveva provato ad alzare l'arma su un uccello, piccolo col petto giallo, impossibile da cogliere in mezzo all'intrico dei rami. Odiava le cornacchie e avrebbe volentieri tirato a uno di quegli uccelloni grigi e neri ma quelle, come se lo avessero presagito, si tennero alla larga. Sparò qualche colpo a un tronco di quercia, poi a un grosso fungo che esplose in mille brandelli. Tornato alla casa centrò più volte il portone e il comignolo e sforacchiò le ante della porta-finestra al piano terra. Per disperazione sparò anche nella gola buia e profonda del pozzo. Gli piacque il tonfo delle due pallottole quando penetrarono l'acqua. Che rumore fanno quando entrano in un corpo? Più o meno quello del divano. Sordo e attutito, con la differenza che invece di gommapiuma e molle schizzano fuori sangue e grida di dolore.

«Non pigliamoci in giro», disse all'improvviso seduto sui tre scalini del patio, «tu non spari a nessuno. A nessuno».

Non veniva da una famiglia di cacciatori, suo padre era un avvocato, sua madre casalinga, duelli e sparatorie li aveva visti in TV e da piccolo si vestiva da cowboy col cinturone e sparava agli amici con la pistola carica di super bum. Chi moriva faceva «Ahhh!», cadeva a terra con la mano sul cuore, poi si rialzava e riprendeva a correre. Il vero pericolo poteva venire solo da chi interpretava i sioux che avevano arco e frecce di legno e quelle, anche se con la ventosa sulla punta, se ti beccavano in un occhio facevano un male cane. Che idea mi sono messo in testa? Andare a sparare a un cristiano. E diventare come lui, anzi peggio. Ha ragione Umberto, ragione da vendere. L'unico modo per sparare a una persona era sull'onda di una rabbia improvvisa o per paura, per difesa, ma a sangue freddo lo facevano i killer nei film o i mafiosi.

Che ci faccio mo' con questa?, e si rigirava la rivoltella nelle mani.

Duemilacinquecento euro.

E gli venne da ridere.

Donata seduta su una poltrona davanti allo specchio si stava riposando, tre clienti di fila l'avevano distrutta. «Abbiamo altri appuntamenti?», chiese a Silvana che si passava la lima sulle unghie e masticava una gomma americana. «Niente fino alle cinque e mezza».

«Vuoi andarti a prendere un caffè?».

«Non mi va niente, grazie, ho ancora l'hamburger sullo stomaco».

«Sono le cipolle, Silvana, le dovevi scartare. Se vai via la prossima settimana me lo devi dire. Altrimenti non posso avvertire Sonya».

«Ancora non lo so, aspetto che Michele decida», e smise di limarsi l'unghia dell'indice. «Lo sai che mi ha rotto le palle Michele? Qualsiasi decisione ci impiega anni a prenderla».

«Quella è la madre», sentenziò Donata.

«Dici?».

«Eh sì. Finché vive con lei sarà così. Prendetela 'sta casa in affitto, no?».

«E che non gliel'ho detto? Mi fa: cioè io devo venire a vivere con te in 40 metri quadrati al posto dell'attico sul mare?».

Donata guardò Silvana attraverso lo specchio. «Ragiona come uno di 17 anni».

«Sì, per questo dico che mi ha rotto le palle. Ne ha 27, quand'è che diventa un uomo?».

«Forse mai».

Si fecero una risata, poi qualcosa attrasse l'attenzione di Silvana.

«Che c'è? Che guardi?», le chiese Donata.

«Lì fuori», e indicò la vetrina. Donata si voltò. «In strada, sull'altro marciapiede vicino alla panchina... la vedi?».

«Sì. Che vuole ancora?».

«Perché sta lì fuori?».

«Boh... guarda proprio qui».

«Che cazzo vuole?».

«Non lo so».

«Oh, vai a chiederglielo, la cosa sta diventando pesante».

Donata sbuffò.

«Sta attraversando. Viene qui?».

«Sì, pare di sì... oh mio Dio, e mo'?».

La donna si fermò davanti alla vetrina e si mise a osservare il negozio.

«Non entra», fece Silvana.

«No... che faccio?».

«Boh... chiamo la polizia?».

«Prendi il telefono, Silva'», poi Donata trovò il coraggio, si alzò dalla poltrona e aprì la porta del negozio. «Si può sapere che cosa vuole da me?».

Nora non rispose.

«Mi segue, non parla, se non se ne va chiamo la polizia!».

Se ne stava lì, braccia conserte, occhi smorti, il vento le disordinava i capelli. Silvana aveva raggiunto la collega sulla porta. «Non è che è pazza?», le sussurrò alle spalle. Donata richiuse la porta del negozio. «Cazzo, questa fa paura».

«La chiamo la polizia?». Donata girò la chiave nella serratura. Poi vide la donna alzare una mano come volesse salutarla.

«Che faccio?».

«Salutala pure tu».

Donata ricambiò. Poi la donna aprì la borsa, prese un pennarello nero e scrisse sulla vetrina una sola parola: ONISSASSA.

«Onissassa? Che vuol dire? Forse non è italiana...».

«'Sta stronza m'ha sporcato la vetrina!». Donata si precipitò fuori con Silvana mentre Nora si allontanava riattraversando la strada. Ora sul vetro la scritta era leggibile: ASSASSINO.

Paolo aveva parcheggiato la macchina distante da casa. La temperatura era scesa di parecchi gradi e l'umidità aumentata. Il freddo entrava nelle ossa, con le mani in tasca e la testa incassata nelle spalle. Arrivato al portone controllò il marciapiede di fronte. Nessuna traccia della donna. Si è stancata. In officina non si era fatta più vedere. Si aspettava di incontrarla proprio lì davanti al villino, ma forse il freddo aveva avuto la meglio.

Bene, e aprì il cancello di ferro.

In casa le luci erano accese ma non c'era il solito odore di cucinato, nessuna cena preparata. Si tolse il giubbotto con l'idea che forse Donata voleva andare a mangiare fuori, magari una pizza, erano mesi che ne desiderava una, fumante con la mozzarella e le alici. «Amore!», chiamò, con il sorriso sulle labbra entrò in salone. La trovò in tuta con un bicchiere di vino in mano, spettinata, pallida, gli occhi rossi e il posacenere davanti pieno di mozziconi spenti. Aveva pianto. «Amore, che succede?».

«La donna, quella donna che mi segue è tornata al negozio», disse con una voce bassa, roca.

«Ah... e che voleva?». Il respiro corto, si andò a sedere accanto alla compagna.

«Ti conosce. Certo che ti conosce».

«A me? Perché, che ti ha detto?».

«Col pennarello ha scritto... ha scritto una parola sulla vetrina».

«Che parola?».

«Assassino».

«Stronza...», ringhiò e si alzò di scatto. «Stronza, stronza, stronza!».

Donata alzò gli occhi. S'erano riempiti di lacrime che non riuscivano a uscire. «Chi è?».

Paolo si appoggiò al tavolo. Si morse le labbra. «È... la madre».

Non c'era bisogno di aggiungere altro. «Cosa vuole?».

«Non lo so. Mi dà il tormento. Viene davanti all'officina, anche qui, a casa. Mi guarda e non dice niente».

Donata si portò le mani al viso e cominciò a piangere.

«Per favore, Dona', per favore!».

Aspettò che il pianto della donna si calmasse poi tornò a sedersi accanto a lei. «Ascolta, io non lo so che cerca da me, te lo giuro. Però provo a parlarci e...», tentò di abbracciarla, ma Donata si scansò, si alzò e andò alla finestra a controllare. Spaventata scostò la tenda. «Che facciamo?», mormorò. «Che... che può fare?», gli chiese.

Paolo prese una sigaretta dal pacchetto sul tavolino. «Niente! Ho passato cinque anni dentro, ho pagato. Cazzo, ce l'avrò anche io il diritto di rifarmi una vita, no?».

Donata si voltò. Intorno agli occhi il trucco aveva disegnato due cerchi neri, sembrava un orsetto. «Mi fa paura, dobbiamo parlarci, sapere che vuole».

«Che vuoi dire?».

«Non lo so, Paolo, non lo so».

«Le ho chiesto scusa, alla fine del processo. A lei e suo marito. Ho sbagliato, ho fatto una cosa orribile, ma è andata così. Non lo volevo uccidere, però è successo!».

«Prova a...», ma le parole le si spezzarono in gola.

«Cosa?».

«Questa arriva fin qui, ti ha cercato, credimi, sennò mica veniva da me a farsi i capelli. Sta osservando la tua vita, la nostra vita, prova a chiederle ancora scusa, no?».

«L'ho fatto, Donata, ma non mi risponde. Con me non ci vuole parlare».

«E allora cosa vuole?», gridò la ragazza.

«Non lo so. Vedrai che se n'è andata. Non si rifarà più viva».

«Io non posso pensare che là fuori o davanti al negozio questa ci controlla 24 ore su 24. È terribile!».

«Ti ho detto che non la vedrai più!».

«Ma sei sicuro? E se invece torna?».

«È sparita. Ha fatto la bravata, ha scritto sulla vetrina e s'è sfogata. Cos'altro vuoi che possa fare?».

Donata si staccò dalla finestra. Aspettò che Paolo spegnesse la sigaretta nel posacenere. «Se ha solo cominciato invece?».

«Non ti capisco».

«Se ha solo cominciato a darci il tormento? Sai cosa vuol dire? Che devo chiudere, Paolo, chi ci verrà più al negozio? Questa è Roseto, mica New York».

«E allora?».

«Allora?», gridò Donata, disperata. «C'è tutta la mia vita lì dentro. Non è che me ne posso andare! E dove?».

«Possiamo andare dove ci pare, no? Siamo liberi».

«No, Paolo, non lo siamo. Pensaci, non lo siamo», e uscì dalla stanza. Paolo crollò sul divano. Si guardò le mani. Intorno alle unghie c'era ancora il grasso dei motori.

Un uomo è condannato per sempre, allora? Fine pena mai? A cosa servono i processi, la legge, la galera? Lui aveva capito, aveva capito tutto. Gli errori commessi, la voglia di ricominciare, lasciarsi alle spalle quello che era una volta. Voltare pagina e provare a essere un uomo migliore. Uno che lavora, che porta a casa uno stipendio, che magari fa anche un figlio che...

Un figlio.

Quello gli hai tolto. E nessuno glielo restituirà più. Quindi forse sì, fine pena mai per me, per la donna e anche per suo marito. Non c'era uscita né soluzione. Un solo gesto inchioda quattro persone per sempre, a quel giorno di marzo di quasi sei anni prima. La sua vita s'era fermata insieme a quella di Corrado Camplone, di sua madre e di suo padre.

Corrado Camplone. Non pensava a quel nome da anni. Lo aveva evitato, il ricordo di quel pomeriggio di merda. Le urla di quel ragazzo che cercava di fermarlo, la gomitata, il suono del cranio sullo spigolo del bancone.

Corrado Camplone. Prova ad alta voce. «Corrado...

Camplone», disse e il nome risuonò nel salone, fuori il vento smuoveva gli alberelli del marciapiede.

Ripetilo.

«Corrado Camplone...».

Ridillo.

«Corrado Camplone».

«Si chiamava così?». Donata poggiata sullo stipite lo stava guardando. Paolo annuì.

«Corrado Camplone».

«Sì. La mamma si chiama Nora, il papà Pasquale».

Donata chiuse gli occhi che come spugne colarono lacrime sulle guance. «Io vado a letto», disse con un filo di voce.

«Vedrai, Dona', è tutto finito, non ti preoccupare, te lo prometto».

«Dormivi?».

«No».

«Dove sei?».

«In albergo, se albergo lo vogliamo chiamare. Sei stato alla casa di montagna?».

«Sì. È messa male».

«Cioè?».

«Il soffitto in camera di... sì insomma nella camera in fondo».

«La camera di Corrado».

«Esatto, il soffitto è mezzo spaccato. C'è polvere dappertutto, sta cadendo a pezzi».

«Che vuoi fare? L'aggiusti?».

«E per chi? Per noi, Nora?».

«No».

«E dunque?».

«Puoi venderla».

«Chi vuoi che se la compri quella baracca?».

«E allora?».

«La lascio andare in malora. Non me ne frega niente di quella casa. Anzi, sai che ti dico? Potrei darle fuoco».

«Almeno non ci paghiamo più le tasse».

«I mobili li regaliamo a tua sorella e... senti, ho fatto un errore».

«Quale?».

«Mi sono arrabbiato con Danilo, ha mezzo sfondato la Guzzi di papà, e ho perso la ragione. Gli ho detto cose bruttissime».

«E mia sorella ha sentito?».

«Sì».

«Che gli hai detto?».

«...».

«Pasqua', che gli hai detto?».

«Che era meglio se moriva lui al posto di Corrado».

«Sono d'accordo con te. Magari lo penso ma non lo dico».

«Ma è terribile anche solo pensarlo, no?».

«Sì, però l'ho pensato e non me ne vergogno».

«Allora non siamo diversi da Paolo Dainese».

«Se qualcuno mi avesse chiesto di scegliere no, non sarei stata diversa da Paolo Dainese. Ma a lui nessuno gli ha chiesto se era meglio uccidere nostro figlio o un altro, quindi siamo molto diversi da Paolo Dainese».

«Dove sei?», le chiese abbassando il tono della voce. Nora non rispose. «Mi fai paura», le disse.

«Non devi averne. Lasciami perdere, fa' conto che io sia in viaggio con mia cugina».

«Ma tu non sei in viaggio con tua cugina. Sei da qualche parte, dietro a quell'avanzo di galera e se permetti mi fa paura, e tanta».

«Se tu fossi qui staresti meglio?».

«No. Ti riporterei a casa. Torni?».

«No».

«Quanto tempo starai ancora via?».

«Quanto serve».

Quando alle sette e mezza Paolo Dainese uscì di casa la nebbia calata durante la notte copriva il marciapiede. Le macchine parcheggiate e gli alberi sembravano delle ombre dipinte su un telo bianco. Si fermò a guardare. Vide una sagoma spuntare fuori alla sua destra. Divenne sempre più nitida. Era un vicino con il suo cagnolino al guinzaglio. «Buongiorno... sembra di stare a Milano eh?», gli disse. Paolo lo salutò. Strizzò gli occhi ma non c'erano tracce di Nora.

È fatta, si disse. Indossò lo zuccotto di lana, i guanti e si annodò la sciarpa al collo. Camminando si accese una sigaretta. Gli venne voglia di cantare, si sentì leggero. La nebbia sembrava attutire anche i rumori. Non vedeva ancora l'auto, tirò fuori le chiavi e le quattro frecce apparvero nel biancore lattiginoso. La raggiunse.

Rimase congelato.

Sui finestrini, sulle fiancate, perfino sul parabrezza, con una vernice bianca qualcuno aveva scritto quella parola decine di volte: assassino.

«Brutta puttana!», ringhiò guardandosi intorno. «Dove sei? Eh? Dove cazzo sei?», urlava al nulla. «Ti diverti, brutta stronza? Te lo faccio cancellare con la lingua!». La sua voce si perdeva nel silenzio della strada in mezzo alla nebbia compatta e impenetrabile. Provò a toccare la vernice. Non si toglieva, era secca, segno che le scritte le aveva fatte la sera prima. Provò a cancellarle con il cappello di lana ma non ottenne risultati. Riuscì a malapena a impiastricciare il vetro.

Rientrò a casa furente sbattendo la porta. «Che succede?», gli chiese Donata seduta al tavolo della cucina con una tazza di caffè in mano.

«Acquaragia ne abbiamo?».

«No... non credo».

«Qualche solvente?».

«Quello per le unghie?».

Paolo fece no con la testa. «A che ora aprono i ferramenta?».

«Alle nove, mi sa. Ma che succede?».

«Niente. Finché c'è la nebbia niente. Non posso prendere la macchina».

«Ma perché?».

«Lascia stare, Dona', non ti preoccupare. Vado in bicicletta. Tu vai pure in negozio, ci sentiamo più tardi».

«Lei è lì fuori?», chiese spaventata.

«E se fosse lì fuori che ci facevo con l'acquaragia? La cancellavo? T'ho detto lascia perdere, Donata!», e sbattendo la porta tornò fuori.

Girò intorno al cortiletto e prese la bicicletta. Almeno le ruote erano gonfie. Doveva arrivare all'officina, lì l'acquaragia l'avrebbe trovata, si sarebbe fatto prestare la macchina da Franco o da Alfonso e avrebbe ripulito lo schifo. «Cazzo se te la faccio pagare», disse dando la prima pedalata. Ma poi ragionò. Non appena la nebbia si fosse alzata l'auto parcheggiata sarebbe apparsa e i vicini avrebbero letto. Quanti di loro sapevano? No, meglio sfruttarla questa nebbia. Lasciò la bicicletta in giardino e tornò all'auto.

La visibilità lasciata dalla scritta sul parabrezza era decente. C'erano due semafori prima dell'officina, se li avesse trovati rossi sarebbe stato il momento più imbarazzante. Si immise in via Salara. Avvolto dalla nebbia si sentiva più sicuro. Una macchina si era accodata. A che pensano 'sti stronzi? Leggete, leggete. E sembrava leggessero. Assassino, sul lunotto termico e sulla portiera posteriore. Aggrappato al volante come fosse un salvagente proseguì a 50 chilometri orari. Si vedevano solo le luci delle auto sulla corsia opposta. Il primo semaforo era verde. Tirò un sospiro di sollievo e accelerò. Alla rotatoria dovette fermarsi e dare la precedenza a una Multipla. La donna accanto al guidatore notò le scritte, a Paolo sembrò di vederla impallidire. Passarono un camion e un'altra utilitaria. Finalmente fu il suo turno di infilarsi nella piazzola. Prese la Nazionale ma il semaforo era rosso. Davanti a lui c'era un furgone, dietro una Mercedes. Le due persone a bordo stavano guardando le scritte, parlavano e lo additavano, li vedeva chiaramente dallo specchietto retrovisore. «Forza, dai!», gridò al semaforo che non voleva diventare verde. La nebbia densa lo copriva nascondendolo almeno alle auto in senso opposto. Un motociclo si avvicinò superandolo a sinistra. L'uomo si voltò a guardare le scritte. Poi scosse il capo infilato nel casco integrale e guadagnò la testa della coda. Finalmente scattò il verde. Un altro pezzo di strada dietro al furgone, i due che lo seguivano con la Mercedes sembravano avere perso interesse. Si sentì come nei sogni che faceva da bambino quando si ritrovava in classe nudo con solo la cartella sulle spalle mentre tutti lo additavano e ridevano. Un passante lo guardò, addirittura si girò come se volesse prendere la targa. Sentiva freddo e gelo nelle ossa, il calore appannava il cristallo, doveva togliere l'alone col gomito. L'errore l'aveva commesso tornando a vivere vicino Pescara. Doveva puntare su Trieste, Pordenone o qualsiasi altro posto d'Italia, dove le possibilità di incontrare i Camplone erano inesistenti. Colpa di Donata che lo aveva inchiodato lì, il lavoro con Alfonso, l'illusione di rifarsi una vita. E Donata era legata al suo paese, alla sua famiglia che, a parte le due sorelle, l'aveva accolto facendolo sentire uno di casa. Lui a Pescara non ci sarebbe più tornato né si sarebbe riavvicinato alla tabaccheria. Ma erano venuti loro, i Camplone, a ricordargli l'omicidio. Si sentiva osservato, spiato, un peso sulle spalle da spezzargli la schiena. Aveva voglia di scappare il più lontano possibile, senza salutare nessuno. Cambiare numero di telefono, abitudini, magari trovarsi un lavoro su al nord, uno qualsiasi, senza Donata e senza le piccole certezze che aveva imparato ad amare. A questo punto sul piatto della bilancia Donata diventava sempre più leggera. Finalmente era arrivato all'officina. Mise la freccia ed entrò nel cortile. Alfonso aveva già aperto. Andò dritto sul retro e ci lasciò l'auto. Di fretta, senza salutare Franco già infilato nella tuta e dentro il cofano di una Volvo, si scaraventò all'armadietto. «Giornata schifosa, eh?», gli gridò. Non sai quanto, Franco. Prese due bottiglie di acquaragia, un intero rotolo di carta assorbente e tornò all'auto.

Lavorava energico, cancellando la vernice bianca sugli sportelli e sui vetri. Voleva sbrigarsi, senza che nessuno lo vedesse, e dimenticare quello sfregio il più presto possibile.

«Che fai?», la voce di Alfonso alle sue spalle lo fece voltare.

«Eh?», chiese per prendere tempo.

«Che succede, Paolo?». Alfonso si avvicinò e cominciò a girare intorno all'auto.

«Niente, uno scherzo di merda», ormai c'era poco da nascondere. Riprese a cancellare le scritte. Il capo meccanico con le mani in tasca guardava clinico la sua auto.

«Chi è stato?».

«Boh, qualche ragazzino».

«Qualche ragazzino?».

Paolo lo guardò. «Alfonso, non lo so. Stamattina sono sceso e l'ho trovata così».

Alfonso si tolse gli occhiali da vista. «Paolo, chi è quella signora che ti segue?».

194

Prese un respiro. Un camion passò sulla Nazionale sferragliando e poi fu inghiottito dalla nebbia. «È la madre... la madre di Corrado Camplone».

Il principale annuiva, poi si guardò le scarpe da lavoro sporche di grasso. «E che vuole da te? Perché fa queste cose?».

«Non lo so, Alfonso, non mi parla».

«Vedi di risolvere questa storia. Non mi piace per niente. Quest'officina c'è da 35 anni, non me la sputtanare».

«No, Alfo', non ti preoccupare».

«Invece mi preoccupo», disse, poi si voltò e tornò al lavoro. Paolo riprese a sfregare lo sportello. «Puttana! Puttana!», ringhiava a ogni colpo di carta assorbente sulla carrozzeria.

Prima di andare in tabaccheria voleva tornare a controllare la moto. Nascose la pistola in un cassetto degli attrezzi e tolse il telo protettivo. Lo specchietto era da ricomprare, il serbatoio per fortuna non aveva subìto ammaccature. Gli passò sopra un panno di lana e quello tornò rosso e lucido. Un rumore di passi nel corridoio del garage attirò la sua attenzione. Sporse la testa. Vide la porta basculante dirimpetto aperta. Nella macchina, illuminati dalla luce di cortesia sopra lo specchietto retrovisore, c'erano Francesca e Danilo. Uscì dal suo garage ma la cognata mise in moto e partì senza degnarlo di uno sguardo. Danilo invece gli sorrise e lo salutò con la mano attraverso il vetro. Mentre l'auto si inerpicava sulla rampa la porta del garage si richiuse automaticamente. Era l'ora di andare ad aprire il negozio.

Nora soddisfatta del lavoro guardava la stampa di prova insieme al tipografo.

«Quando saranno pronti?», gli chiese.

«Stasera, alle cinque. Manda qualcuno a prenderli?».

«No, verrò io». Firmò l'assegno. «La fattura me la può recapitare all'albergo L'Eremo, lo conosce?».

«Sì, certo».

Un sorriso lievemente accennato e Nora lasciò il negozio. La nebbia si era alzata e splendeva un sole incerto e invernale, piacevole però dopo tutti quei giorni di grigio. Non c'era bisogno di andare all'officina, e neanche da Donata. Si prese la giornata libera per stare un po' in spiaggia a guardare le onde e a respirare l'aria salmastra. Passò sotto la ferrovia e sbucò sul litorale. Gli stabilimenti erano tutti chiusi con le vetrate sporche di sabbia chiara. Le onde si frangevano sugli scogli e mormoravano alzando spruzzi d'acqua bianchi. Quelle che invece toccavano riva si spandevano e sparivano nella sabbia lasciando una spuma simile a quella della birra. Qualcuno portava a spasso il cane libero di trottare con un bastone tra i denti, altri correvano per tenere in allenamento il cuore. Le piaceva sentire il vento giocare coi capelli, chiudere gli occhi e ascoltare il respiro del mare. C'erano degli odori che le riportavano alla memoria sensazioni provate da bambina. Per esempio un'aria dolciastra che somigliava ai profumi delle bancarelle delle fiere di Natale, quando vendevano le arachidi dentro le bustine di carta trasparente rossa e potevi vincere un pesce rosso centrando con una pallina da ping pong una sfera di vetro piena d'acqua. Sentiva la mano di suo padre che la teneva stretta in mezzo alla calca, l'odore della brillantina Linetti che usava per domare i capelli folti e duri come ferro. Il mare portava tantissimi odori e lei come i cani in spiaggia trottava ora dietro a uno, per abbandonarlo subito dopo e trottare dietro a un altro. Il sapone di Marsiglia del grembiule bianco di scuola, fiori cui non sapeva dare un nome che la accarezzavano come in una notte di agosto, quella del primo bacio a Roberto dietro i pattìni spiaggiati e il sole appena tramontato. Poi arrivò l'odore che la fece piangere, quello della pomata Vitamindermina che metteva sul sedere e le cosce di Corrado dopo avergli tolto il pannolino sudicio. E lui rideva, felice di quella frescura, e prima che lei fosse riuscita a chiudere i ganci laterali mollava un'altra pipì al volo. Oggi Corrado avrebbe avuto 29 anni, l'età delle scelte importanti dopo l'università. Che voto avresti preso alla laurea? Il massimo, senza dubbi. Avresti fatto l'avvocato come tuo nonno? «Ma veramente vuoi fare l'avvocato?», gli chiedeva il padre dopo la maturità. «È un mestiere difficile, lo sai che ti tocca difendere anche gente colpevole?», e Corrado dall'alto dei suoi 19 anni rispondeva: «Io farò l'avvocato perché ognuno ha diritto a un processo equo», la frase preferita di suo nonno. Chissà oggi cosa avresti detto, tu l'hai avuto un equo processo, amore mio? Guardò le nuvole che si stavano adagiando lontano sulla linea dell'orizzonte dove il mare e il cielo si confondevano diventando un corpo solo. No, non l'hai avuto. «E neanche io», disse ad alta voce.

Donata aveva controllato la strada tutto il giorno con lo stomaco chiuso e il cuore in gola. La donna non s'era vista, ma la tensione le aveva fatto sbagliare tinte colori e tagli a tre clienti importanti. Silvana l'aveva osservata con gli occhi spaventati senza il coraggio di chiederle niente. Se il telefono squillava Donata si precipitava a rispondere, un clacson la faceva sobbalzare, un passante la metteva in uno stato d'ansia. Alle cinque del pomeriggio Silvana si decise a parlarci. «Che vuoi fare, Donata? Puoi mica stare tutto il tempo così».

Quella non rispose. Se ne andò nello sgabuzzino con un taccuino per segnare i colori mancanti. Silvana la seguì. «C'entra Paolo, vero?».

Silenzio.

«Chi è quella donna? Dona', se non mi dici niente io come ti aiuto?».

«Tu non mi puoi aiutare. Stai al negozio con me, fai il tuo lavoro, altro non ti chiedo. Non è niente, è una cosa passeggera. Allora il b 24 e il t 73 f sono da riprendere», poi si voltò per tornare in sala. «Le tinture sono segrete, lo sai? Ogni cliente ha la sua e, impara Silvana, non devi mai svelare quale usi altrimenti le perdi. Se mai aprirai un salone tutto tuo ricordatelo».

«Me lo ricorderò».

«La nostra forza sta nella bravura nel taglio e nell'azzeccare la nuance giusta. È così che non potranno mai fare a meno di te».

Ma a Silvana i segreti del mestiere in quel momento interessavano poco. «È tutto il giorno che guardi fuori. Se come dici non c'è più pericolo, perché lo fai?».

«Non è vero».

«Vero, Donata. Sei nervosa, parli pochissimo, neanche la radio hai voluto accendere. Sono preoccupata, ecco tutto. Perché ha scritto assassino sulla vetrina?».

Donata si voltò di scatto, pallida, con gli occhi rossi. «Perché è pazza».

La risposta non sembrò accontentare la ragazza.

«Chi è l'assassino, Donata?».

«Ma che vuoi che ne sappia? Io quella non l'ho mai vista né sentita».

«C'entra Paolo, vero?».

«Ma come ti viene in mente?».

Silvana si appoggiò al bancone, prese un respiro. «Ieri notte sono andata su internet».

Si guardarono. «State insieme da cinque mesi e non mi hai detto niente».

«E cosa ti dovevo dire?».

«La verità. Che cazzo immaginiamo il viaggio in Egitto? Ci può andare in Egitto? Ce l'ha il passaporto? Caspita, sono tua amica oltre che a lavorare con te, pensi che prima o poi non l'avrei capito? Mio fratello s'è fatto sei mesi, eppure tu lo sai, te l'ho anche presentato».

«Tuo fratello spacciava. Qui la storia è diversa».

«No, se uno ha capito l'errore non è diversa».

«Silva'! Se io te lo dicevo e ti scappava? Girava la voce, lo sai com'è la gente, no? Qui non ci mette più piede».

«Non ti fidi di me».

«No, mi fido, ma...».

«Ma? Ti vergognavi a dirmi che Paolo s'è fatto cinque anni per omicidio?».

«No, è che...».

«Cosa?».

Donata crollò sulla poltrona. «Io lo conosco, so che è un brav'uomo ma la gente non lo sa. Volevo aspettare per dirtelo, volevo che pure tu lo conoscessi e capissi che da uno come lui non può arrivare niente di male».

«Tu me l'avresti detto?».

«Certo. Non ora, ma l'avrei fatto».

«Chi è quella donna?».

Donata abbassò il capo. «La madre».

«La madre di chi? Del morto?».

Donata annuì.

«E che vuole?».

«Non lo sappiamo. Ci sta dando il tormento. Però Paolo dice che è finita, che s'è arresa e se n'è andata. Speriamo, Silva', perché tutto questo mi pare un incubo».

«Sì, sembra di sì».

Aveva guardato il cancello del cortile dell'officina durante l'intera giornata sperando di vederla per andare a sputarle sul muso tutta la sua rabbia e spaventarla una volta per tutte. Ma la donna non era apparsa. Si è stancata? Alfonso non gli aveva rivolto la parola, concentrato nel lavoro e nel dare gli ordini a Franco e Mario. Solo una volta a proposito di una carburazione difettosa, ma per un paio di consigli, nient'altro. Quando alla chiusura se ne andò lo salutò a stento. Decise di lasciare la macchina molto lontano dalla sua strada, semmai a quella fosse tornata la voglia di scrivere altri messaggi sulla carrozzeria. Un lungo tragitto a piedi. Sul marciapiede di fronte a casa non c'era, sollevato aprì il cancelletto. Donata era già rientrata, aveva messo a posto la bicicletta e preso la posta. «Dona'?», la chiamò appena dentro. C'era odore di cucinato, ed era una bella notizia anche perché non mangiava dalla colazione. Per non incontrare Nora aveva saltato il pranzo accontentandosi di una banana di Franco. «Sono a pezzi», le disse. Donata girava il cucchiaio di legno nell'acqua della pasta. La baciò sotto l'orecchio. «Hai avuto una bella giornata?», aprì il frigorifero e ingoiò una fetta di prosciutto senza quasi masticarla.

«Se ti abboffi ora poi non mangi la cena e sto facendo paglia e fieno. Ti dispiace apparecchiare?».

«Sì, mi dispiace», le rispose. «Che danno in TV?», e se ne andò in salone.

«Boh!», gli urlò Donata.

Crollò sul divano e accese. Solito gioco a quiz, telegiornale, telefilm polizieschi, dibattito politico. «Ci vediamo un film su Sky?».

«Niente roba horror, che quella la stiamo già vivendo per i fatti nostri», gli disse Donata portando piatti e bicchieri sul tavolo. «Ti va un po' di vino?».

202

Ne versò due bicchieri, poi lo raggiunse al divano restando in piedi. «Tieni... Tutto tranquillo?».

«Cosa, al lavoro? Tutto benissimo».

«S'è... s'è vista?».

«No, te l'ho detto al telefono oggi pomeriggio. Non s'è vista. Dona', se n'è andata, tranquillizzati».

«E come fai a dirlo?».

«Lo so. Ecco, guarda qui, più tardi fanno un film che ti piace, secondo me...».

Donata gettò un'occhiata distratta alla televisione. «Neanche al negozio è venuta».

«Lo vedi?».

«Se ti lavi le mani fra poco è pronto», e riprese ad apparecchiare la tavola. A Paolo non sembrò il caso di raccontarle delle scritte sull'auto. Guardava le immagini senza ascoltare le parole del giornalista. Voleva convincersi che Nora fosse tornata a casa, che avesse chiuso con quella storia, smesso di dargli il tormento. Forse avrebbe dovuto chiamare il suo avvocato per capire se c'erano gli estremi per una denuncia. E che uno non ha più i suoi diritti? Donata arrivò coi piatti fumanti. «Che profumo».

«Abbondanti», e la donna sorrise. Gli spaghetti traboccavano dalla scodella di coccio. Bianchi e verdi, col sugo rosso, patriottici. «Fanno da primo e da secondo che nel sugo c'è il ragù».

«E allora me ne faccio due piatti». Donata lo servì. Poi riempì il suo piatto. Si sedette accanto al suo uomo e lo guardò. Sorrideva felice con la bocca piena di sugo. «Mamma mia, sono buonissimi». E lo riconobbe, come la sera in cui lo aveva visto per la prima volta al pub a Montesilvano, era bellissimo. Coi suoi capelli neri e ricci, gli occhi scuri e la bocca piccola e carnosa. Uno che poteva stare in televisione, disse alla sua amica Roberta, e mai avrebbe immaginato che sarebbe diventato suo. Che avrebbe scelto lei.

«Che mi guardi?», le chiese con un sorriso.

«Sei bello».

«Anche tu».

«Più bella della pasta?», e si misero a ridere. Poi un tonfo improvviso alla porta-finestra che dava sul giardino li fece sobbalzare.

«Che è stato?», disse Donata e si alzò. In quel momento suonò il citofono. Paolo andò a rispondere. «Chi è? Pronto?». Aprì di scatto la porta e si affacciò. La strada era buia e deserta. «Chi è?», gridò e la voce rimbombò sui villini di fronte. Vide Donata aprire la porta-finestra e uscire anche lei in giardino. «Chi era?», gli chiese. Paolo allargò le braccia, poi vide la compagna chinarsi a raccogliere qualcosa. Un sasso. Intorno c'era avvolto un cencio bianco. Paolo si avvicinò. Era un foglio di carta A4 che Donata aprì e lesse. Impallidì, poi con la mano tremante lo allungò e lui lo prese.

E lesse.

Aveva utilizzato la foto presa dal giornale di sei anni prima. Il ritratto del suo viso stanco e con le occhiaie. Sopra c'era il suo nome, Paolo Dainese. Sotto la foto poche righe: «Paolo Dainese, anni 38, colpevole dell'omicidio di Corrado Camplone la mattina del 12 marzo 2010 nella tabaccheria di via Parini a Pescara. Dopo soli 5 anni è già a piede libero. Abita in via Flavio Gioia al 125 insieme a Donata Bastianelli, proprietaria del coiffeur Hair Port di Bastianelli Donata. Lo sapevate che abitate vicino a un assassino?».

«Puttana!», ringhiò e si scaraventò verso la strada. Donata era scoppiata a piangere. «Dove sei? Fatti vedere!», urlava scuotendo il cancelletto di ferro. Poi la compagna lo raggiunse e lo abbracciò da dietro. «Vieni», gli disse fra le lacrime, «entriamo. Vieni, Paolo».

«Te la faccio pagare, mi senti? Te la faccio pagare quant'è vero Iddio!», gridava con i denti di fuori ancora sporchi di sugo.

Nel buio della strada a cento metri di distanza, nascosta dietro un albero, Nora ascoltava le urla minacciose e sorrideva. Poi si voltò e tranquilla tornò in albergo.

Stanca per il lavoro, stava sotto le coperte e tremava, il freddo o forse erano i nervi, non sapeva dirlo. Con le mani giunte sopra il plesso solare guardava la luce del lampione che attraverso la tenda disegnava un merletto sul soffitto. Un tuono lontano avvertì che dal mare stava arrivando un temporale. Nora chiuse gli occhi non per provare a dormire ma per inseguire qualche ricordo dolce. Corrado ha in testa il casco tre volte la sua misura. È seduto davanti a Pasquale a cavallo della Guzzi e ride. Pasquale accende la moto che fa un fumo nero dal tubo di scappamento. È primavera, sul lungomare c'è poco traffico. Pasquale ingrana la prima e dolce la moto si muove. E lei li vede allontanarsi piano piano verso il porto e sente le risa d'eccitazione di Corrado. Non sarà pericoloso?, pensa. Ecco, fanno la curva per tornare da lei. Corrado guarda le lucine sul cruscotto e tiene le mani strette al manubrio. Pasquale sorride. Corrado ha gli occhi enormi, sgranati, fa un verso con la bocca, intorno alle labbra una sbavatura di cioccolato.

Un tuono potente fece vibrare la finestra e Nora riaprì gli occhi. La pioggia seguì dopo pochi secondi a frustare il vetro. Tutto procedeva secondo i piani, non provava rimorso, non si sentiva così da tempo. Viva e forte, come le piante appena innaffiate. Il temporale era passeggero, lo sapeva, l'aveva letto sulle previsioni. Il cellulare squillò e Nora con un colpo di reni si allungò per rispondere. «Pronto?», disse senza neanche leggere il nome sul display.

«Nora? Scusa l'ora».

«Francesca?».

«Sì. Dormivi?».

«Non ancora. Che succede?».

Sua sorella parlava a bassa voce, forse era vicina a Danilo che aveva avuto qualche crisi notturna e magari cercava di non svegliarlo. «Scusa se ti chiamo a quest'ora. C'è una cosa che volevo dirti...».

La sentì prendere un respiro. «Si tratta di Pasquale».

«Sì, lo so. È stato molto scorretto, cerca di...».

«Non mi riferisco all'incidente con Danilo. Prima della lite ho visto una cosa che tiene in garage».

«La moto?».

«Una pistola».

Nora scattò seduta poggiando la schiena sulla testata del letto. I tremori le erano passati all'improvviso. «Una pistola?».

«Sì. Ci penso da un po', forse dovevo farmi i fatti miei, mi dicevo. Non che le armi mi spaventino, insomma, abituata a papà...».

«E perché ce l'ha?».

«Mi ha detto che non si sente più sicuro, che la vuole portare al negozio, che se dovesse ricapitare... insomma, hai capito. Ma tu dove sei?».

«Una pistola? Ma non ha il porto d'armi!».

«Appunto mi sono preoccupata».

«Francesca grazie, ora lo chiamo e cerco di capire. Tu stai bene?».

«Io così. Danilo alti e bassi. Più bassi che alti però. Tu dove sei?».

Era la seconda volta che glielo chiedeva ma Nora non aveva intenzione di risponderle. Guardò i vetri bagnati di pioggia, un altro tuono rimbombò più vicino. «Avevo bisogno di stare un po' da sola, Francesca», rispose.

«E dove?».

«Ha importanza?».

«No. Sei sicura di stare bene?».

«Sono solo stanca, Francesca. Grazie, ci sentiamo presto. Provo a dormire».

«Va bene, scusa se te l'ho detto a quest'ora, ma lo sai di notte i pensieri...».

«Sì, di notte i pensieri peggiorano».

Si salutarono. Peggiorano? Diventano di carne e sangue, prendono forma e mi artigliano senza lasciarmi tregua.

Che cosa fai, Pasquale? Una pistola, rischi di mandare tutto all'aria.

L'orologio segnava la mezzanotte e mezza. Un altro tuono sembrò esplodere sopra il tetto dell'albergo. Chiamò suo marito.

«Dormivi?».

«Macché. Guardavo un vecchio film western».

«Pieno di pistole e duelli e scontri a fuoco?», chiese dura.

Sentì il respiro di suo marito, il rumore del divano, forse aveva cambiato posizione. «Te l'ha detto Francesca».

«Che ci fa una pistola a casa nostra?».

«Me la volevo portare in negozio».

«A me le bugie non le devi dire, Pasquale, a me no».

«Solo tu puoi farlo?», aveva alzato la voce. «Solo a te è permesso raccontare sciocchezze? Andare via di casa, non telefonarmi mai, lasciarmi qui a pensare al peggio ogni minuto della giornata?».

«Io non ti ho mai mentito. Se quello che faccio non ti sta bene mi dispiace, ma le mie decisioni sono mie, non nostre».

«C'è ancora un noi?».

«Per favore, Pasquale».

«Rispondimi, è facile. C'è ancora o non c'è?».

«Certo che c'è».

«Lo vedi? Affermi di non dire bugie e me ne hai detta una proprio adesso!».

Ancora un silenzio.

«Pasquale? Pasquale?». Aveva riattaccato. Rabbrividendo si alzò, prese un maglione dalla valigia e se lo infilò tornando di corsa sotto le coperte. Il cellulare squillò di nuovo.

«Pasquale?».

«Sono qui...».

«Che volevi farci con la pistola? Che ti sei messo in testa?».

«Ho cambiato idea».

«Hai cambiato idea? Che volevi, sparargli?».

«Sì», disse a bassa voce. Nora chiuse gli occhi. «Ma te l'ho detto, ho cambiato idea. Non ne sono capace».

«Giuramelo».

«Te lo giuro su quanto ho di più caro».

«Quella è roba da film».

«Sì».

«Ma dove l'hai presa, Pasquale?».

«Un... un amico».

«Chissà a cosa è servita quell'arma. Te lo sei chiesto?».

«Sì, e non mi importava nulla».

«Ora tu esci, vai al porto e la butti in acqua, fammi questo favore».

«Adesso?».

«Adesso, Pasquale. Non ci posso pensare a una pistola in casa».

«Cosa vuoi che succeda? L'ho nascosta in garage».

«No, tu la vai a buttare subito».

«Hai paura che la usi contro di me?».

«Non lo dire neanche per scherzo».

«Ma io qualcosa devo fare! Non posso stare così. Non so dove sei, passano i giorni e do le capa-

210

te al muro. Non mi parli più, non mi dici la verità, per esempio cosa stai facendo a Roseto tutto questo tempo, eh? Cosa stai facendo?».

«Sto mettendo tutto a posto».

«Ah, sì? E posso sapere come?».

«Fidati, Pasquale, lo hai sempre fatto, continua, ti prego. Ti ho mai deluso?».

«Che c'entra?».

«Dimmi se ti ho mai deluso».

«Mai, Nora, mai», la voce gli tremava. Forse stava piangendo.

«E non lo farò neanche questa volta. Ora guarda il film e poi va' a dormire, fra poco qui sarà tutto finito, te lo prometto».

«Va bene», tirò su con il naso. «Ma torna presto per favore. La casa non la sopporto più».

«Manca poco. Ti voglio bene, Pasquale».

«Io pure. Lì piove?».

Nora si mise in ascolto. «Non più. È passato un temporale ma ora è tutto a posto».

«Anche qui non piove più. Mi mangio un gelato e vado a letto».

«Prima vai a buttare la pistola».

«Va bene».

«Ciao amore mio».

«Ciao...».

Chiuse il telefono, era convinta di aver persuaso il marito a sbarazzarsi della rivoltella, doveva provare a riposare, fra tre ore doveva uscire e continuare il lavoro. Avrebbe dormito tranquillamente poi, durante tutta la mattina. Sarebbe rimasta in albergo ad attendere.

Nascose la pistola nel cruscotto e uscì dal garage. Sperava di non incappare in posti di blocco. Attraversò la città deserta, le vetrine illuminate davano un aspetto da cappella cimiteriale ai negozi. Incontrò solo un paio di ombre che camminavano veloci rasente ai muri. Non voleva restare in centro, c'erano troppe possibilità che qualcuno lo vedesse. Tirò dritto fino al Ponte Villa Fabio passando sopra il fiume. C'era andato un anno prima a vedere il figlio di un cliente che faceva le gare coi kart. Un appezzamento con una pista per le macchinine che finiva nel fiume, abbastanza isolato e lontano dalla città e dalla gente. Voleva essere solo, lontano da tutti. Dopo il ponte cercò di ricordare la strada. Dovette girare per un po' finché non la riconobbe, via Stradonetto. La prese, passò sotto il raccordo autostradale e si ritrovò su una strada sterrata segnata da alberi e cespugli. Buio pesto, i fari sciabolavano i tronchi e le pietre del fondo. Vide l'insegna della pista dei go-kart. Un recinto impediva l'ingresso al centro sportivo ma i due terreni confinanti erano accessibili. Lasciò l'auto con le ruote sul ciglio, spense i fari, prese la rivoltella dal cruscotto insieme alla scatola dei proiettili, se la mise in tasca e scese. Faceva più freddo che in città. Lontano una casa aveva le luci accese, da qualche parte abbaiava un cane. Neanche la luna. Si guardò intorno con le orecchie attente a ogni rumore. Il luogo era spettrale. Sentiva nella tasca il peso dell'arma ma non gli diede alcuna sicurezza. Passò in mezzo ai cespugli scavalcando un fossato. Non vedeva dove metteva i piedi, ma accendere la torcia del telefonino era fuori discussione. Il campo non aveva un filo d'erba, un enorme piazzale pelato cinto da alberi. Il chiarore delle pietre e della terra però aiutava il cammino verso la macchia che aveva di fronte e che lo separava dal fiume. Nessun rumore, solo i suoi passi che calpestavano piccole zolle bagnate. Il fango era già arrivato all'orlo dei pantaloni. Raggiunse le querce e finalmente sentì fievole il rumore dell'acqua che scorreva. Si fece largo fra i tronchi fino ad arrivare alla riva. Il fiume, putrido di giorno, di notte era nero di pece. Sull'altra sponda, dei pioppi nascondevano nell'intrico di rami le case a due piani con le luci spente. Tirò fuori la pistola. La osservò ancora una volta. Se la puntò alla testa. Lento alzò il braccio fino a sentire il metallo sulla tempia. Niente. Non provo niente. Potrei tirare e passerei dall'altra parte senza pensieri, rancori o dubbi. Toccò il grilletto con l'indice. Lo sapeva, l'aveva provata, bastava pochissima pressione per esplodere un colpo.

Dai, fallo.

Fallo, Pasquale, quaggiù ti ritroveranno minimo fra sei giorni. Premi!

L'abbassò. Poi con un gesto rapido la lanciò nel fiume. Un tonfo e la storia era archiviata. Poi fu la volta dei proiettili, li gettò in acqua uno per uno, come se stesse dando da mangiare ai pesci.

Poteva tornare a casa.

Nora aveva cominciato un viaggio che non prevedeva la sua presenza. Pasquale non conosceva la destinazione né il tragitto, sapeva solo che lui non era invitato. E mentre guidava la macchina fra le strade deserte a quell'ora di notte, capì che quella distanza con sua moglie non era più colmabile. E forse non lo era mai stata dalla morte di Corrado. Cos'era successo dopo? Il processo, gli avvocati, la sentenza, erano stati giorni tragici, nessuno dei due si era fermato a pensare. Ma dopo? Negli anni che Paolo Dainese scontava la pena in carcere?

Non era successo niente. Sei anni grigi e uguali, poche parole a cena, azioni inerti e senza vita. L'aveva persa già allora, lo sapeva, ma sperava sempre che il tempo avrebbe aggiustato tutto. Che invece scorreva senza scalfire il dolore, inutile, come acqua su una cerata. Nora si era rifugiata in quel dolore silenzioso, lui aveva continuato la vita pensando solo al negozio e ad aggiustare la moto. Nessuno dei due aveva avuto il coraggio di parlare, di vomitare tutta la disperazione. Avrebbe aiutato? Ritrovò il parcheggio sotto casa. Quando scese dall'auto si sentì più leggero. La pistola lo costringeva a una decisione obbligata, ora si sentiva libero. Poteva andare a Roseto, cercare Nora, riportarla a casa. Ma lei gli aveva detto: «Fidati di me. Ti ho mai deluso?».

Rientrando in casa Pasquale capì che non ci sarebbe stato più un ritorno. Nora aveva preso una strada, lui un'altra e non portavano alla stessa destinazione. Fatti il tuo viaggio, amore mio, fino alla fine. Non ti inseguo, è inutile, l'amore può finire con un avvocato oppure per usura. Il nostro era un malato terminale in terapia intensiva, era il momento di staccare la spina, che non è come sparare, ma ci assomiglia.

Il sole s'era già affacciato, la pioggia solo un ricordo della notte prima, il cielo era terso e azzurro, poche nuvole bianche come batuffoli pascolavano placide. Donata si era svegliata e gli aveva portato il caffè a letto. Una doccia veloce e Paolo era pronto per andare al lavoro. La temperatura era salita rispetto ai giorni precedenti, come ad annunciare la fine del freddo e del grigiore. Il cielo, l'aria, tutto sembrava sorridere quella mattina, tutto tranne via Flavio Gioia. Appena toccò la maniglia del cancello se ne accorse. La strada era tappezzata di volantini con la sua fotografia. Erano dappertutto. Su muri, lampioni, sportelli del gas. Centinaia di facce di Paolo Dainese che annunciavano al mondo la sua colpa. Una coppia che non conosceva leggeva e si girava a guardare la casa del mostro. «No...», mormorò. Uscì di corsa dal piccolo giardino e cominciò a strapparli. Non voleva che Donata li vedesse, che i vicini li notassero, ma era un'impresa folle. Si accorse che la stronza li aveva infilati anche nelle cassette postali. L'uomo col cagnolino passò sull'altro marciapiede e non lo salutò, anzi gli parve che accelerasse il passo per allontanarsi il prima possibile.

«Puttana!», ringhiava e strappava, accartocciava, lacerava i fogli gettandoli a terra. Ma la colla aveva fatto presa, riusciva solo a tirare via brandelli di carta riducendo i manifestini in strisce. Restava un pezzo del suo viso, su un altro il suo nome e l'indirizzo. Sembrava che la parola assassino fosse impossibile da staccare. «Puttana! Puttana!». Strappava e bestemmiava. Una madre coi suoi due figli bardati e con gli zainetti sulle spalle uscì di casa. «Che succede?», gli chiese. Poi guardò la fotografia e lesse veloce l'annuncio. Impallidì e rapida fece salire la prole sulla familiare. «Puttana, io ti denuncio!», urlava faccia al mu-

ro. «Ti denuncio!». Impossibile, non ce l'avrebbe mai fatta. Erano centinaia, le unghie già san-
guinavano. Si appoggiò a un muretto e si mise le
mani sul viso. Così lo trovò Donata quando si affacciò dal giardino di casa, pallida e afflosciata come una federa senza il cuscino. Guardò la strada
e scoppiò a piangere. Paolo si tolse le mani dal viso. Aveva gli occhi rossi e cattivi come lei non li
aveva mai visti. Lo guardò staccarsi dal muretto
e andarsene verso il supermercato. Provò a chiamarlo ma quello non rispose. Sentì il cellulare
suonare. Pulendosi il naso con la manica della
maglietta e cercando di asciugare le lacrime, tornò
in cucina. Era Silvana. «Silvana...».

«Devi venire al negozio. Subito!».

Bruciò i due semafori per arrivare all'officina.
Alfonso e Mario erano fuori dal cortile. C'era anche Giovanni Di Primio, il fratello contabile in giacca e cravatta, alto e allampanato col viso serio. Paolo inchiodò a pochi passi da loro e scese. Il capo
indicò i muri del fabbricato. «Guarda qui!», gridò.
Erano tappezzati col volantino, come anche quelli delle case di fronte e i muretti delle recinzioni.
«Guarda! È così che la dovevi risolvere?». Paolo
osservava lo spettacolo e non parlava. «Lo sai che
significa questo? Che io non lo reggo, non lo reggo proprio». Paolo si avvicinò ai fratelli. «Quella

puttana è...». Giovanni Di Primio lo interruppe. «Non ce ne fotte un cazzo di chi sia quella donna. Invece tu te ne devi andare, adesso», si mise una mano in tasca e gli allungò una busta. «Ci sono i soldi che ti dobbiamo fino a oggi. Prendili, levati di torno e non farti più vedere». Paolo guardò la busta di carta bianca, poi il viso dei fratelli Di Primio. Avevano uno sguardo duro, sconvolto. «Mi cacciate?». Fu Alfonso a rispondere: «Se vogliamo mantenere i clienti bisogna che te ne vai tu. Ci abbiamo provato, ma non è andata». Paolo scuoteva il capo. «Mi rovinate», disse con un ringhio. «Meglio te che noi», concluse Giovanni e allungò ancora la busta a Paolo che la guardò con disprezzo. «Quella mettitela nel culo!». Sputò per terra e tornò alla macchina. Una retromarcia da far urlare il motore, una manovra azzardata sulla Nazionale e schizzò verso il paese. «Così brucia la frizione», commentò professionalmente Mario.

«Tu torna a lavorare!», gli urlò Alfonso. «C'è la Nissan in consegna stamattina, o vogliamo perdere altri clienti?». Il ragazzo scattò. Poi i due fratelli si guardarono. «Meglio così», fece Giovanni, «ce lo siamo tolto dai coglioni. Alfo', l'ultima volta che facciamo favori ai parenti».

«L'ultima, te lo giuro. Con Donata ci parlo io».

Giovanni si rimise la busta coi soldi in tasca e si avviò verso l'ufficio. «Franco!», chiamò il capo officina e il meccanico riccetto spuntò fuori con un secchio pieno d'acqua e un raschietto in mano. «Forza, vediamo di levare 'sti manifesti dal muro».

Quando Pasquale si svegliò era mattina inoltrata. Aprì le serrande, c'era il sole, il mare era calmo, una giornata di primavera in mezzo all'autunno. Gli venne da sorridere. Si era sempre vergognato di provare momenti di felicità. Una giornata di sole come quella, una bella partita a calcio in televisione, una chiacchiera con un vecchio compagno di liceo, un libro che lo incollava alle pagine. Quella mattina la scomoda sensazione di non poter sorridere l'aveva abbandonato. Si può, certo che si può. E ti dico la verità, Pasquale, Corrado stesso te lo chiederebbe. Nessuno gli avrebbe mai tolto dal cuore suo figlio, il suo ricordo, dolce e sereno. Se lo sarebbe portato sulle spalle come quando Corrado era piccolo e lo metteva a cavalcioni sul collo e quello rideva da quell'altezza per lui vertiginosa. E sorridere non era mancanza di affetto, non era sporcare il ricordo di Corrado con una distrazione, era vita. Lui era vivo, e quella fortuna andava onorata. Chiamalo destino, disegno divino, coincidenze dell'universo, ma poteva respirare, godersi il tepore del sole autunnale, guardare il mare cambiare colore, sudare, mangiare, bere e ridere. Non rideva da sei anni. «Ti dispiace, Corrado?», chiese ad alta voce. E si fece una risata davanti alla sua immagine riflessa dal vetro della finestra. Gli parve di sentire un'eco, la voce di un bambino, ma forse era solo il vicino del piano di sotto.

Paolo Dainese correva senza sapere dove andare. A casa era inutile. La doveva trovare, ma dove? Si fermò al lato della strada e si mise a pensare. Per fare tutti quei volantini devi essere andata da un tipografo, e quanti ce ne saranno a Roseto? Stava prendendo il cellulare quando quello si mise a suonare. Era Donata. «Che c'è?», rispose brusco.

«Amore, devi venire al negozio», una voce debole, abbattuta.

«Non ho tempo mo'. Ci vediamo più tardi».

«Per favore».

«Dona', non rompere il cazzo!», e chiuse.

Donata era in piedi fuori dall'Hair Port di Bastianelli Donata a guardare l'orrore. Ovunque c'era il manifestino col viso di Paolo. «Che fa, viene?», fece Silvana che si era messa i guanti di plastica e portava una bacinella con dei flaconi.

«No...».

«Dona', prima cominciamo e meno gente lo vede. Ho preso il solvente più forte», e le allungò un paio di guanti che Donata prese distratta, imbambolata. «Paolo non è più lui», disse all'improvviso infilandosi un guanto alla mano destra.

«Cioè?».

«Mi ha detto: non rompere il cazzo. Non mi ha mai trattata così. E gli occhi, Silva', dovevi vedere che occhi aveva stamattina».

«Ne parliamo dopo. Ora stacchiamo 'sti affari dai muri, ce ne saranno duecento». Si chinò e cominciò a lavorare al primo. «Certo io questa stronza la denuncerei».

«Come?».

«La donna, la denuncerei. E mica può fare una cosa così».

Donata si infilò il secondo guanto di plastica, poi lenta si accucciò accanto all'amica. «E mica lo puoi sapere se è stata lei, cioè non hai le prove». Gli occhi di Paolo la guardavano dai volantini. Le venne voglia di carezzare quel viso ma quando allungò la mano Silvana con un gesto deciso strappò via la carta. «E uno!», disse trionfante e al posto di Paolo tornò l'intonaco un po' screpolato del muro condominiale.

Il serbatoio era fissato e anche il carburatore. Tre ore di lavoro, le mani sporche di grasso, era riuscito a incollare anche i frammenti di specchietto in attesa di trovare l'originale in qualche mercato. Il vetro del faro era incrinato ma reggeva. La moto era bellissima. Il motore ripulito e rimesso a nuovo scalpitava, lo sentiva, perché aspettare domani? La tirò giù dal cavalletto e la portò a braccia fuori dal garage. Tentò con la pedivella tre volte. Aprì un poco la benzina. Tentò ancora e la moto tossì. Richiuse la benzina. Il ginocchio gli doleva ma insisté. Al secondo tentativo il vecchio monocilindrico ruggì e urlò al mondo che era ancora vivo e pronto a fare il suo dovere. Pasquale rise e batté le mani. Il ruggito rimbombava e il tubo di scappamento riempiva di fumo acre tutto il corridoio del garage. Accelerò un paio di volte e il motore rispose immediatamente al comando. Un gioiello. Un Falcone del 1966 pronto a riprendere la strada. Un anno e mezzo di lavoro fu pienamente ripagato. Provò il minimo, il motore scoppiettante reggeva. Solo un po' di olio bruciato ma era normale dopo anni di inattività. Il sole si rifletteva sull'asfalto della rampa del garage. Sembrava proprio una giornata di primavera, di quelle che ogni tanto l'autunno regala all'improvviso, niente di meglio. Guardò i due caschi appesi al gancio.

«Funziona! Accesa! Vrooom!». Si voltò. Danilo era accanto alla porta del box. Batteva le mani eccitato. Francesca invece aveva premuto il pulsante d'apertura dandogli le spalle.

«Sì, hai visto, Danilo? Funziona!».

Il ragazzone si avvicinò. «Vai forte e fai le curve?».

«Ci provo».

«Mi insegni?».

«E certo!».

«Andiamo, Danilo?», la madre lo richiamò.

«Francesca? Francesca, ti prego, guardami», le disse Pasquale. Lei alzò gli occhi al cielo restando accanto allo sportello della sua auto. «Basta, per favore. Ho sbagliato, ti ho chiesto scusa».

La donna si morse le labbra.

«Possiamo fare finta che quelle cose non le ho dette?».

«Vai forte e prendi i gatti se non guardi la strada!», fece Danilo che si era chinato a osservare il copertone anteriore. Francesca con le chiavi in mano si staccò dalla macchina per avvicinarsi a Pasquale. «Non sono le parole, Pasqua', è che tu quelle cose le pensi. Le hai pensate e ti sono uscite fuori. E questo fa male».

«Ti sto chiedendo scusa. Ci ho pensato tanto, lo sai? E mi sono sentito un verme. Devi darmi una possibilità, però».

«Ti voglio sempre bene, Pasqua', sia a te che a mia sorella. Solo che mi fa un po' male qui», e si indicò il petto. Pasquale protese le braccia e la raggiunse. «Anche io ti voglio bene», e l'abbracciò. Rimasero stretti qualche secondo, Francesca aspirando il dopobarba di Pasquale, lui il profumo al tiglio di lei.

«Poi hai visto quante parole sono riuscito a dire in pochi minuti?», le sussurrò. «Non sei stupita?».

«Niente gatti!», fece Danilo.

«Sì, è vero. Che t'è successo?», e rise.

«Non lo so. La moto? Il sole fuori?».

Francesca lo guardò negli occhi. «L'hai buttata la pistola?». Il rumore del motore riempì il corridoio sotterraneo. «Danilo!». Il ragazzo aveva accelerato e poi ritirato la mano come se l'avesse scottata. «No, Danilo, zio t'ha detto che si ingolfa!».

«No, ora è accesa, può accelerare quanto vuole», poi Pasquale guardò il nipote che aveva gli occhi eccitati. «Certo, l'ho buttata. Sai che ti dico? Mi vado a fare un giro con Danilo».

Francesca spalancò la bocca.

«Sì, andiamo a fare un giro in campagna. E vediamo se questa moto funziona».

«No...», si oppose debolmente la donna, «no, Pasquale, e se...».

«E se cosa? Andiamo piano e ci godiamo l'aria e il sole, eh, Danilo? Lo vuoi fare un giro, un giro vero con zio?».

Quello fece sì con la testa quattro volte di seguito e batté le mani.

«Mi fa... mi mette ansia 'sta cosa».

«No, Francesca, nessuna ansia. Andiamo e torniamo».

«Gelato», si intromise il ragazzo.

«Andiamo, gelato e torniamo», si corresse Pasquale.

«Infatti!», e Danilo alzò le braccia al cielo.

«Così so che mi hai perdonato».

Francesca chiuse gli occhi e riabbracciò il cognato. «Oggi sembri Pasquale di tanti anni fa».

«Mi riconosci? La riconosci questa faccia?», e si diede uno schiaffetto sulla guancia. «Allora mi riconosci, eh?».

Il tipografo spaventato s'era allontanato dal bancone che Paolo sembrava potere superare con un salto per massacrarlo. «Dove cazzo sta quella che ha fatto i volantini? Dove abita?».

«Io non lo so se...».

«Tu me lo dici adesso», e mollò un pugno sul legno. Il tipografo sobbalzò e mise le mani in avanti per proteggersi. «Ha pagato con un assegno e...».

«E non ti ha lasciato un numero? Un recapito? Se scopro che non me l'hai detto torno, quant'è vero Iddio».

Il negoziante guardava fuori dalla vetrina nella speranza che un cliente entrasse ad aiutarlo, ma la strada era deserta. «Fammi vedere la fattura. Gliel'hai fatta la fattura?».

«Sì... sì... gliela devo portare».

«Dove?», urlò Paolo.

«All'Eremo... è un albergo qui vicino, saranno neanche cinquecento metri».

Paolo sorrise solo con la bocca, gli occhi restarono terribili e iniettati di sangue. «Grazie», si voltò e uscì dal negozio. Il tipografo attese che la porta a vetri si chiudesse per mettersi a cercare il recapito dell'Eremo. Voleva avvertire la signora. Quello era una belva. Forse era anche il caso di chiamare la polizia.

Nora era sola nella saletta della colazione dell'Eremo. Prese una fetta biscottata, ci spalmò sopra il burro con delicatezza, altrimenti l'avrebbe spezzata. Poi una confettura di fragole. Le piaceva amalgamare il colore rosso al bianco del burro. Morse la fetta, un sorso di caffè, godeva a mischiare il freddo del burro col caldo della bevanda. Ne preparò un'altra, stavolta con la marmellata di arance, la sua preferita. Le lasciava un sapore amarognolo in bocca che poi spazzava col succo di frutta. Sbucciò una banana, tagliando col coltello la punta che era annerita. L'odore di quel frutto le ricordava le scuole elementari. Era la merenda che sua madre le metteva nella cartella e che all'ora della ricreazione trovava sempre spiaccicata da libri e quaderni che puzzavano di banana per tutto l'anno scolastico. Invidiava Tiziana, la sua compagna di banco, che invece portava il cornetto preso al bar gestito dai genitori. Con lo zucchero sulla sommità, quel dolce le sembrava il casco a strisce che mettevano i ciclisti durante il Giro d'Italia. Una volta avevano fatto a cambio di merenda. Tiziana aveva morso il frutto arricciando il naso schifata. Chissà che fine aveva fatto la sua amica, l'aveva persa ai tempi del liceo quando lei aveva scelto il classico e Tiziana l'alberghiero. Le tornò alla mente una lirica di Alceo: «*È inver una bella sorte, aver per Ares morte*».

Finì il caffè. Guardò la sala deserta, poi l'ora sul cellulare. Si alzò, ormai era questione di poco.

Paolo fermò l'auto proprio davanti all'albergo, lasciò la macchina in mezzo alla strada ed entrò spalancando la porta. Alla reception c'era una donna. «Dov'è la signora Nora Camplone?».

«Chi la desidera?».

«Fatti i cazzi tuoi e dimmi dove sta!».

«Oh! Stia calmo, e le parolacce le dice fuori di qui!».

«Dov'è? Vuoi che ti spacco quella faccia di cazzo?».

«Io... io chiamo la polizia!».

«Tu non chiami niente e nessuno, tu mi dici dov'è la signora Nora Camplone, so che alloggia qui».

La donna si girò alla sua destra, Paolo Dainese seguì il suo sguardo. Nora era lì, tranquilla, sull'uscio della sala della colazione. Sembrava lo aspettasse. Paolo caricò come un toro. «Eccola! Hai rotto il cazzo, lo sai?», e la raggiunse. La prese per il bavero e la spinse verso il muro. Nora non reagiva.

«Signora? Signora!», urlò la donna dalla reception.

«Io adesso quei manifesti te li faccio mangiare, mi hai capito? Te li faccio mangiare uno per uno».

«La lasci stare!», la donna non si azzardò ad avvicinarsi per dividerli, restò protetta dietro il bancone e afferrò il telefono. Nora invece continuava a guardare Paolo con i suoi occhi tristi e vuoti. «Volevi rovinarmi la vita? Ci sei riuscita, brutta troia». La faccia era rossa, gli occhi sembravano poter schizzare fuori da un momento all'altro. «Non parli? Non hai niente da dire? Puttana?», ringhiò.

«Assassino», lo disse dolce, quasi fosse una parola d'amore. Paolo la spinse contro il muro e l'aria uscì dai polmoni di Nora. Riuscì a dire ancora: «Assassino». Dainese caricò uno schiaffo e glielo mollò in piena faccia. Nora cadde a terra.

«Fermo! Si fermi!», urlò la donna. «Pronto? Polizia?».

Nora sollevò la testa, l'uomo le incombeva addosso. Un rivolo di sangue le usciva dalla narice. «Assassino», disse ancora Nora, «assassino, assassino, assassino...».

Le mollò un calcio, poi un altro. Non riusciva più a fermarsi. La prese a pugni, le strappò i capelli, poi afferrò un portaombrelli di rame e con quello la percosse più volte sul cranio. Nora era un ammasso di cenci a terra. Paolo aveva il fiatone. Scagliò via il vaso che fece un rumore assordante. La donna alla reception gettò il telefono e arrivò di corsa. «Che cosa ha fatto?», gridò. «Che cosa ha fatto!». Abbracciò Nora cercando di rialzarla. Paolo se ne stava lì, le mani lungo i fianchi, il respiro affannato, poco più di un rantolo, guardava ma non vedeva. «Signora, mi sente? Mi sente?», la scuoteva ma le braccia di Nora penzolavano inerti lungo il corpo. Una calza s'era smagliata. «Signora? Signora, mi parli!», le tolse i capelli davanti al volto. Il viso era una maschera di sangue, un occhio gonfio, l'altro semichiuso, se ne vedeva appena l'iride. «Signora?», ma Nora non rispondeva. La bocca però sorrideva, sembrava contenta. E lo era perché alla fine, ma questo la signora dell'albergo non poteva saperlo, aveva raggiunto il suo scopo.

«È... è morta!», gridò fra le lacrime. Poi adagiò Nora sul pavimento. Si alzò e guardò Paolo dritto negli occhi. «Assassino!», gli disse. Paolo crollò a terra e si prese la testa fra le mani. Così lo avrebbe trovato la polizia dieci minuti dopo.

Ottanta chilometri all'ora, il motore rombava tranquillo e l'assetto era eccezionale. Danilo s'era aggrappato alla sua schiena, stringeva e non mollava, come Pasquale gli aveva ordinato. La campagna dopo giorni di pioggia riluceva sotto il sole e mandava odore di terra bagnata. Danilo felice se ne stava con la bocca aperta a prendere l'aria sul viso, teneva gli occhi socchiusi. Pasquale si sentiva bene, per la prima volta dopo tanto tempo, forte e sicuro. «Che bello!», gridò Danilo. «Va forte, zio!».

«Va fortissimo!», gli rispose. Un'auto li superò. La gente li osservava incuriosita mentre correvano felici su quel gioiello della meccanica, invidiandoli, Pasquale lo sapeva. Quello era un pezzo da museo e guardate un po'? Cammina che è una bellezza. I pistoni corrono, la benzina brucia, la marmitta sputa il fumo e il suono del motore è tondo, pieno. Affrontava le curve con dolcezza, salendo verso il colle di San Silvestro, e a ogni piega che prendeva Danilo lanciava delle strida come fosse una rondine. «Voliamo», e mollando per un momento la schiena dello zio allargava le braccia facendo il rombo dell'aeroplano. «Dove vuoi andare, Danilo?».

«In Germania!».

«E allora andiamo in Germania!».

Superarono una casa con un bar dove quattro uomini seduti li salutarono. Danilo rispose e alzò un grido. «Niente gatti! Ti voglio bene, zio».

«Anche io, Danilo», e accelerò fino a quando la moto si allontanò fra i campi e il rombo della marmitta si perse nella campagna per lasciare solo il rumore del vento che giocava con le punte dei cipressi e le foglie giallo oro dei pioppi. Sotto i pini maestosi, nella terra umida, le cicale dormivano aspettando l'estate.

Questo volume è stato stampato
su carta Arena Ivory Smooth
delle Cartiere Fedrigoni
nel mese di ottobre 2020
presso la Leva srl - Milano
e confezionato
presso IGF s.p.a. - Aldeno (TN)

La memoria